K.NAKASHIMA SELECTION VOL.15

中島かずき

KAZUKI NAKASHIMA

蛮幽鬼《ばんゆうき》

論創社

蛮幽鬼

装幀　鳥井和昌

目次

蛮幽鬼

◉登場人物

伊達土門《だてのどもん》／飛頭蛮《ひとうばん》
サジと名乗る男
京兼美古都《きょうがねみこと》
方白《かたしろ》／刀衣《とうい》
遊日蔵人《あすかのくらんど》
京兼惜春《きょうがねせきしゅん》
京兼調部《きょうがねしらべ》
稀道活《きのどうかつ》
稀浮名《きのうきな》
音津空麿《おとつのからまろ》
ペナン
ガラン
ロクロク

音津物欲《おとつのものほし》
東寺無骨《とうじのぶこつ》
鳳来国の大王
浮名の妻・鹿女《しかめ》
惜春の密偵・丹色《にしき》
美古都の侍女・七芽《なのめ》
果拿の国王
果拿の学者
監獄島看守
果拿の国・役人
〃・船役人1
〃・船役人2
鳳来国・女官達
〃・武人《もののふ》達
〃・豪族達
〃・踊り女達
〃・民衆

――第一幕――　孤島の鬼

【序之景】

中原の大陸。果拿《かだ》の国。
天文楼。今で言う天文台だ。星の動きを観測し暦を作っている。
そこで働いている多くの学者。
その中にいる鳳来国の若者四人。
伊達土門《だてのどもん》と稀浮名《きのうきな》、音津空麿《おとつのからまろ》、京兼調部《きょうがねしらべ》だ。
極東の列島、鳳来《ほうらい》国から、果拿の優れた文化を学びに渡ってきた留学生達だ。
と、空の異変に気づく土門。

土門　おい、見ろ。

と、急に空の星々が流れ落ち始める。

調部　流れ星か。

が、星々は続々と流れ始める。星の雨のようだ。

土門　いや、ただの流れ星じゃない。

浮名　おうおう、降る降る。凄い数だな。

空麿　空の星が全部なくなりそうな勢いだ。

調部　これが星降りの雨か。よく言ったものだ。

浮名　ん？

調部　古文書に書いてあった。

空麿　これだけ降ってくると、この世の人間の願いも全部かなえてくれそうだ。

浮名　なんだそりゃ。

空麿　星が流れる間に願いを唱えれば、その願いは成就する。そういう言い伝えがこの国にはあるのだよ。

浮名　そんな馬鹿馬鹿しい。

そこに現れる果拿の国の学者。

学者　これだけの星降りは久しぶりだな。

四人　先生。

学者　京兼調部、稀浮名、音津空麿、伊達土門、お前達が遠い鳳来国から、この果拿の国に渡っ

浮名　てきてもう五年だ。よく学んだな。
空麿　はい、おかげさまで三日後には鳳来国行きの船が出ます。
土門　うまくゆけばひと月で故郷に帰れるでしょう。
調部　鳳来国はまだ若い。この大陸で学んだ事は必ず母国の新しい国造りに役立てます。
学者　先生達のご恩は忘れません。
では最後の問いだ。この星振りの雨、お前達はどう解釈する。吉兆と見るか、不吉の前触れと見るか。国王にどう告げる。

調部が口火を切る。

調部　王にはくれぐれも気を引き締められたしとお伝え下さい。
学者　なぜ。
調部　古文書によれば、先代の王の時代、このような星降りの雨が記録されています。その結果、人は脅え乱が起こった。古き出来事は神の教えかと。
学者　他の者はどうだ。空麿。
空麿　調部の意見と同じです。
学者　浮名。
浮名　……。
学者　浮名。

浮名　いや、まあそんなものかと……。
学者　土門。
土門　は。これこそ喜ぶべきことと王に伝えるべきです。
学者　なに。
土門　天の動きよりも、問題なのは人の心。天の異変は、人が動くことで初めてこの世に現れます。星振りの雨は乱が起きることを教えてくれた天の予言。王はそれを知り、我が治世の綻びを繕う機会をもったと大いに喜べば、民達も王の器に感心します。そうすれば反乱の炎もおのずと消えるでしょう。
学者　おお。
調部　天の異変を使って民の心を操れと言うのか。
土門　操るわけではない。道を造るのだ。人の心が流れる通り道を。
学者　うむうむ。さすがは土門。儂の考えをよく見抜いた。
土門　え？
学者　天の意志をもって民の道を作る。うむうむ。いや、儂もそう思っておった。いや、さすがは土門、結構結構。

と、さっさと立ち去る学者。

空麿　あーあ、やられたな。見事にパクられたぞ、土門。

土門　らしいな。
空麿　あの爺い、お前の考えをさも自分の考えの振りして、王様に告げるつもりだ。
浮名　そんなこともあろうかと、俺は自分の考えを言わなかったのだ。
空麿　お前はほんとにわからなかったんだろうが。
浮名　うるさい。
調部　まったくあの強欲爺い。油断も隙もないな。
土門　そうまでして王に取り入る。それも立派な知恵だ。勉強になる。
調部　本気かよ。
土門　故郷を離れて、わざわざこの果拿の国に学問に来たのだ。どんなものでも勉強しておかなければな。
浮名　おやおや、これは大した心がけだ。
空麿　卑しい家の人間は考えることが違う。
調部　お前達、いい加減にしろ。
浮名　ほほう、義理の弟になるだけにかばいだてしますか、調部殿。
調部　おい。
浮名　土門、美古都殿と許婚だからと言ってあまり図に乗るなよ。
空麿　その通りだ。京兼家の後ろ盾がなければ、お前などこの果拿の国は愚か、鳳来国の宮中にも出入りできぬ身なのだからな。
土門　心得ている。

浮名　ほんとかねえ。
調部　浮名、しつこいぞ。
　いい加減にしろと浮名の前に立つ調部。その気迫に気後れする浮名。
浮名　……行くぞ、空麿。
空麿　どこに。
浮名　三日後に出発ならば、別れを告げねばならん相手もいるだろう。これとかこれとか。（と、小指を立てたり乳房を表現したりして女性を表す仕草）さ、こい。
　と、浮名と空麿、立ち去る。
調部　あいつらの言葉なんか気にするなよ。
土門　ああ。
調部　奴らも焦ってるんだ。学問で思った成果が上げられなかったからな。
土門　わかっているよ。
調部　土門、妹のこと、よろしく頼んだぞ。
土門　え……。
調部　さっき、俺は星降る雨に誓った。俺は鳳来国に戻ったら、上の連中と戦う。宮中を一新する。

土門　なんだと。

調部　今のままじゃあ、あの国はダメになる。親父達豪族の頭《かしら》どもが、どれだけ古い考えの持ち主か、この果拿の国に来てよくわかった。俺達がいくら新しい知識や学問を持ち帰っても、あの連中が国の頭にいる限り、鳳来国はよくはならん。

土門　調部、それは短慮だ。

調部　いや、俺はもう決めた。新しい武器も手に入れたしな。

土門　武器？

調部　ああ、俺達が一番勉強したものだ。

土門　……蛮教のことか。

調部　ああ、そうだ。俺達の国にはなかった新しい宗教だ。それで民達の心を摑む。でもな、土門、妹の美古都は俺と父上の間に入ってきっと心を痛める。だからお前が守ってくれ。

土門　……調部。

調部　あいつが頼れるのはお前だけだ。

土門　……困難な道を選ぶんだな。

調部　仕方がない。もう決めたんだ。頼んだぞ、土門。

と、笑顔で去っていく調部。

それを満足げに見送る土門。

彼も立ち去ろうとする。と、調部がふらふらと戻ってくる。
と、調部の胸からみるみる血が広がっていく。

土門　調部、その傷……。
倒れる調部。駆け寄り抱き留める土門。
駆け寄る土門。

土門　どうした、調部、調部！
調部　……ど、もん……。
調部、息絶える。

土門　調部ーっ!!
と、いつの間にか果拿の国の人々が現れる。
みな、土門を怪しんでいる。

土門　（人々の疑惑の目に気づき）いや、違う、俺じゃない。

役人1　どけどけどけ、殺しはどこだ。

調部の死骸を見て絶句する役人達。

役人2　むごいことを……。貴様がやったか。
土門　と、とんでもない。
役人1　貴様、鳳来国の留学生だな。仲間割れか。
土門　違う！
役人2　ええい、とにかく来い。裁きは国王が下される。
土門　違う、俺じゃない！

呆然とする土門、兵に引きずり連れて行かれる。
王宮。裁きの間。
国王と役人達の前に土門が引きずりだされる。すっかり罪人扱い。役人の棒で打たれたりしている。学者もいる。

国王　余は悲しいぞ、若き留学生よ。なぜ、友をその手にかけた。
土門　私ではありません、国王！
役人　余計な口出しをするな！

土門、棒で叩かれる。

学者　土門、失望したぞ。お前はわしの教えの何を学んだ。
土門　……先生。
学者　証人をここに。

役人に続いて現れる浮名と空麿。

土門　おお、浮名、空麿。助かった。この濡れ衣を晴らしてくれ。
国王　我が荒ぶる神、蛮神はこの天と地を司る。神が望むは真実、嫌うは嘘。この裁きの間で、嘘の言葉を吐く者は地獄に堕ちる。わかっておるか。
浮名・空麿　は。
国王　一心蛮在。一つの心在り、蛮神いずこに在り。
浮名・空麿　一心蛮在。一つの心在り、蛮神ここに在り。

と自分達の胸を示す。

国王　蛮の神の名に賭けて答えよ。お前達の仲間、京兼調部を手にかけたのはその男か。

土門　はっきりと言ってくれ。俺がそんなことをするはずがないと。さあ。
浮名　その男に間違いありません。
土門　!!
空麿　その男が剣を振りかざし、我らが親友、京兼調部を斬り殺すところを、我々二人、はっきりと見ております。
土門　……お前達、何を言ってるんだ。
浮名　往生際が悪いぞ、土門。
空麿　おとなしく覚悟を決めろ。
土門　ち、違う。俺じゃない、俺じゃないんだ！　聞いてくれ、奴らは嘘をついている。なぜ親友の調部を俺が殺さなければならない。
浮名　調部はお前と妹が夫婦《めおと》になる事に反対していた。
空麿　俺たちは相談を受けていた。
浮名　お前はその事を知り逆上して調部を殺したのだ。
土門　ばかばかしい。そんなことがあるものか。証拠があるのか。
役人　（手紙を出す）国王、これが土門の部屋から。
国王　（手紙を見る）……これはどこの文字だ。
学者　（手紙を受け取り）……鳳来国の文字ですな。どうやら調部が自分の父親にあてた手紙らしい。「妹と土門の婚儀をとりやめてほしい」と書いてありますな。
土門　ばかな、でっちあげだ！

浮名　そう言えば調部は父親に手紙を書くと言っていました。
空麿　では彼の手紙をこやつが奪って。
浮名　その上、口封じに殺したか。ええい、恐ろしい奴!
土門　でっちあげだ。罪人はそいつらだ、国王の前で平気で嘘八百を並べ立てるその恥知らず達だ。
学者　口を慎め、土門!
浮名　見下げ果てたな、土門。罪人とはいえ積年の友。なんとか罪を軽くするよう陛下にお願いしようと思っていたが……。
空麿　しょせん卑しい身分の男は心根も卑しいか。燕雀《えんじゃく》いずくんぞ鴻鵠《こうこく》の志を知らんや。悲しいことだなあ。
浮名　ことだなあ。
土門　おのれらは、ぬけぬけと……。
学者　罪ははっきりしましたな。
国王　うむ。
土門　うおおおお!

役人の手をふりきって、自由になる土門。

土門　浮名、空麿、貴様ら!

と、彼らに摑みかかろうとする。
が、逆に浮名に叩きのめされる。

浮名　下郎めが！
土門　く！
浮名　貴様程度の腕で俺にかなうと思うか。身の程を知れ！
土門　おの、れら……。

浮名の攻撃に気絶する土門。

国王　この男、島流しにしろ。
浮名　死刑ではないのですか。
学者　異国人はすべて監獄島に送り込むのがこの果拿の国の掟だ。
空麿　はあ……。
国王　さ、はやくこの男を宮廷から引きずり出せ。
役人　は。

土門を引きずっていく役人達。

国王　見事な働きだぞ、稀浮名。音津空麿。

両名　は。

国王　さすがは鳳来国を代表する若者達だ。気に入った。褒美を取らすぞ。

空麿　で、あれば……。

国王　あれば？

空麿　鳳来国での蛮教布教は我々だけにしか許さぬ事をお約束下さい。

国王　お前達二人だけか。

空麿　はい。我ら二人に。

空麿と浮名、得心の笑み。

×　×　×　×

船が島に着く。

囚人を収監する監獄島だ。

島の看守が囚人を引き取りに出て来る。

船役人1　囚人護送船、到着しやした。

看守　今日の罪人は。

船役人1　鳳来国の男が一人でさ。

看守　ああ、あの仲間殺しのか。
船役人1　へえ。

船役人2が縄で縛られた土門を連れてくる。
血相変えて叫んでいる土門。

土門　ええい、放せ。俺は無実だ！　これは罠だ。奴らの罠なんだ!!
船役人2　静かにしろ！

土門を棒で打つ船役人2。

土門　稀浮名、音津空磨、貴様らの名前絶対に忘れん！　怒りと憎しみの鏨《たがね》でこの胸に刻み込む。何があろうと絶対に許さない！

が、役人に打ち据えられる土門。

看守　無駄な誓いはやめておけ。監獄島から生きて出られた人間はいない。お前は一生、ここで飼い殺しだ。
土門　俺は必ず鳳来国に戻る!!　調部の無念とこの恨み、必ず晴らすぞ!!　覚えておけ!!

看守の言葉も耳に入らず、叫ぶ土門。

船役人と看守の棒に打たれながらも復讐を誓う土門の声が響く。

×　　×　　×

鳳来国。広大な大陸から海にこぼれ落ちた雫の如き列島にある、まだ王も民も混然とした若き国だ。

その都近くの港。

船の荷下ろしの指図をしている若き武人、遊日蔵人《あすかのくらんど》。

そこに現れるうら若い女性。京兼美古都《きょうがねみこと》である。

美古都　蔵人様。
蔵人　おお、美古都殿か。
美古都　果拿の国からの船は着いたのでしょうか。
蔵人　ああ、先程到着した。大きな嵐もなく、穏やかな船旅だったそうだ。
美古都　では、お兄様達も無事にお帰りなさったのですね。
蔵人　ああ、先程役人達が船に上がっていった。手続きが済めば、降りてくるだろう。早く会いたいですな、土門に。
美古都　いや、私は。
蔵人　ははは、隠さなくてもいい。あいつは、土門は俺たち武人《もののふ》の誇りでもあるのですよ。衛兵から出世して、大陸への留学生にまでなった。あいつらがこの国を必ず変えてくれる。俺はそう信じているのです。

美古都　そうですね、本当に。

蔵人　しかし五年ぶりだ。奴の顔がわかりますかな。

美古都　分かります。あの方を見つけたのは私です。多くの衛兵の中で、ただ一人、広がる青空のような目をしていた。姿形がどんなに変わろうとあの目だけは変わりません。

蔵人　いや、これはまいったな。（と、船着き場を見て）おお、来た来た。浮名、空麿。

荷を持って現れる浮名と空麿。

空麿　蔵人か。元気だったたか。

浮名　おお、美古都殿も。ますますおきれいになられたな。

残りの二人を捜す美古都。

美古都　あの、残りの方は……。

空麿　残り……。

美古都　はい。お兄様と土門様は……。

空麿　残念ながら、我々二人だけなのですよ。帰ってきたのは。

蔵人　なに。
浮名　（美古都に）いいですか、美古都殿。今から言う事を落ち着いて聞いて下さい。お兄様の
　　　調部殿は、殺されました。
美古都　え……。
蔵人　なんだと。
浮名　殺したのは伊達土門。
美古都　まさか。
蔵人　なぜだ、なぜ奴が……。
空麿　詳しい話は場を改めて。俺たちも長旅で疲れているのだ。
浮名　（美古都に）のちほどじっくりとお話ししましょう。奴が、あの土門がどれほどの卑劣
　　　漢か。
美古都　……。
蔵人　ばかな、信じられん。
空麿　残念ながら本当だ。朋輩を手にかけたのだよ、お前と同じ衛兵上がりがな。
蔵人　……。
浮名　追って連絡いたします。美古都殿。

立ち去る空麿と浮名。
呆然とする蔵人と美古都。

美古都　（天を仰ぎ）……お兄様、土門様。

二人を闇が包む。

――暗転――

【第一景】

十年が経った。

監獄島。地下牢。

新看守（ガラン）と老看守が罪人の食事を配っている。老看守は序景に出てきた看守だが、十年を経て歳をとっている。片目に眼帯。

地下牢は囚人のわめき声に満ちている。

ガラン、その声に脅える。

老看守　怖いか、新入り。
ガラン　いや、そんな。
老看守　まあ、無理もねえ。この監獄島に入れられた奴は、二度と外には出られねえ。泣きわめきたくもなるってもんだ。安心しな、奴ら、飯だけはおとなしくもらう。
ガラン　はい。

ガランが、粗末な食事を目の前の牢の中の囚人に与えようとしている。暗くて牢の中はよく見えない。

老看守　あ、その牢の男にだけは気をつけろよ。

ガラン　え。

老看守　その牢の男は話が別だ。うかつに捕まると、ただではすまねえぜ。

ガラン　飯配ってるだけなのに？

老看守　油断したら俺みたいになるぞ。（眼帯をさして）この目を潰したのはそいつだ。

ガラン　ええー。

老看守　もう十年にもなるか。その男を牢に入れようとして、逆らう奴に目玉をえぐり出された。

と、牢の奥の方で蠢く人影。髪もヒゲも伸び放題。服もボロボロの男だ。土門の変わり果てた姿である。十年前の好青年の面影は微塵もない。しかも髪もヒゲも真っ白になっている。

土門　十年、十年だと。もう十年もたっちまったか。

その声色、正常ではない。
精神に異常を来している風だ。

老看守　ああ、そうだ。十年だ。てめえが俺の目玉を食らいやがってからもう十年になるんだよ！

ガラン　えええー。
土門　(笑い出す) ああ、そうだった。うまかったよ、てめえの目玉は。今度はその若僧か。若い目玉を食わせてくれるのか。うへへへへ。
ガラン　ひいいいいっ。(目を押さえて下がる)
老看守　やかましい。てめえにはこのくそまずい饅頭《マントウ》で充分だ。ほら、下がれ下がれ。(と、棍棒で周りをバンバン叩いて土門を脅す)

土門、脅えて牢の奥に引っ込む。その仕草まるで野生動物のよう。

老看守　(ガランに) ほら、今だ。
ガラン　あ、ああ。

ガラン、大あわてで牢の中に食事の皿を押し込む。

老看守　まったく、頭の芯までおかしくなってやがる。ほら、次行くぞ。
ガラン　(土門の様子を見ているが) あ、はい。

ガランが先に行こうとする。
その方向を見て怒る老看守。

老看守　ばか、そっちじゃねえ。
ガラン　いいか、よく聞け。その奥の扉は絶対に開けちゃいけねえ。そこから先は絶対に入っちゃいけねえ。
老看守　なんで。
ガラン　化け物がいる。触らぬ神に祟りなしだ。
老看守　あいつよりも凄いんですか。（と土門を見る）
ガラン　あいつはただのとち狂いだが、その向こうにいるのは人間じゃねえ。絶対に行くんじゃねえぞ。ほら、こっちだ、こっち。
老看守　は、はい。

去る老看守、あとをついていくガラン。
土門、ぶつぶつ言っている。
二人が立ち去るのを見届けると、土門、立ち上がり食事の饅頭を手にする。

土門　バカ。誰が好きで人間の目玉なんか食うか。（饅頭をかじると顔をしかめる）何度食ってもまずいな。

その言動、さっきまでと打って変わって十年前の土門と同じ。

土門　おかしくなってるか。ふん、狂えたらどんなに楽か。だが、俺の意識は澄み渡っている。稀浮名、音津空麿、二人の名前を思い出すだけで正気に返る。奴らに復讐を果たす。そして亡き友調部の無念を晴らす。そのためになら俺は地獄の鬼になる。狂ったふりなどほんの序の口だ。

壁に近づくと叩いて話しかける土門。

土門　聞こえるか、おい。

壁の隙間、石と石の隙間が伝声管の役割を果たし離れた場所にいる何者かの声を伝えているのだ。

土門　あんたの言葉通り、土が柔らかくなってきた。……ああ、もう一息だ。もう少しで抜ける。……そうだ、何度も夢見た牢の外だ。どこの誰だか知らんがあんたがいなければ、この下の地下道もわからなかった。感謝する。……そうだな。もう少しだからな。今はやるだけだ。

土門、隠していたサジを出すと床の石と石の間に差し込み、その石を持ち上げる。
人が一人入れる穴がある。その中に潜り込む土門。

×　×　×　×

地下道。
壁の石が動く。
石がゴロンと落ちると土門がはい出してくる。辺りを見回す土門。

土門　やった、やったぞ。地下道だ。

逃げだそうとするがその足を止める。

土門　……行き止まりじゃないか。

奥にある壁を激しく叩く土門。

土門　行き止まりじゃないか！　くそ！　くそ！　だまされた！（怒り嘆く）

そこに男の声が響く。

男　いや、ここで正解だよ。

土門、その声に嘆くのをやめる。

土門　……正解だと。

男　ああ、君は見事に自由への扉を開いた。壁の左に鎖があるはずだ。それを引くといい。

土門、鎖を見つけてグイと引っ張る。

と、壁がどんでん返しになっていて、ぐるりと回る。

そこに両手と両足を広げて鎖で壁につながれた男がいる。

顔も目隠しで覆われている。

土門　……。

男　やあ、やっと会えたね。

土門　その声……。あんたか、ずっと俺に話しかけてきてたのは。

男　岩と岩の隙間がうまい具合につながっていたのかな。おかげで退屈を紛らわせたよ。

土門　退屈だと。退屈しのぎに、俺をだましたって言うのか。

男　だました？

土門　お前は、この地下道が島を抜ける脱出口だと言った。だから俺は、必死で掘った。一年掛

男　けて掘り抜いた。だが、そこにいたのは貴様自身だ。おおかた俺に助けさせようという腹だろう。だが、目論見は狂ったな。俺は俺をだました奴は絶対に許さない。

土門　十年前に、君に罪をなすりつけた故郷の友人達のようにね。

男　友人なんかじゃない。憎むべき敵だ。

土門　そうだったね。その話は何度も聞いた。僕も言ったはずだよ。君の身の上に共感し、脱出の手助けをする。

男　これのどこが手助けだ。

土門　果拿の国王を暗殺した殺し屋の噂を聞いたかい。

男　殺し屋だと。

土門　牢内では随分と噂になっていたらしいじゃないか。

男　ああ。恐ろしい腕の男だったが、捕り手千人の命と引き替えに捕まえたとか。まさか、それが……。

土門　ああ、それが僕だ。

男　……。

土門　僕を解放すれば、この監獄島の看守達を皆殺しにすることもたやすいことだ。そうすれば穴を掘る必要もない。君は悠々とこの島から逃げ出せる。

男　男の厳重な拘束具合に、若干の信憑性を感じる土門。男に近づくと目隠しをとる。男の顔が見える。土門、ちょっと戸惑う。

土門　……。
男　どうした。

男の顔は穏やか。

土門　いや……。
男　とても殺し屋には見えないかい。
土門　ああ。そんなさわやかな笑顔の殺し屋なんて見た事がないぞ。
男　よく言われるよ。殺す相手に。「頼むから殺す時くらいもう少し厳しい顔をしてくれ」ふざけた話だよね。
土門　いや、もっともだと思う。
男　迷うのは勝手だが、あまり時間はないよ。そろそろ見回りの時間だ。君が牢から抜け出したことはいずれバレる。
土門　……。

土門、男の言う事に理を感じ、手枷足枷の鍵穴をサジでこじあける。
自由になる男。

男　楽になったよ、ありがとう。

男、手足をほぐすように揉んだり屈伸運動をしたりする。
その背後からいきなり襲いかかる土門。
だが、男はなんなく土門の攻撃を避け、逆に自分の攻撃を決める。
土門が落としたサジを拾うと、その尖った切っ先を土門の喉元にあてる男。

男　僕の腕を試したつもりかもしれないが、それは大きな間違いだよ。僕を試す者、騙す者、裏切る者、そういう人間は全て死ぬ事になる。

土門　……意外だな。何も言わずに刺し殺すのかと思った。

男　僕を倒すほどの腕もないのに襲ってくる、ただの馬鹿には思えなかったのでね。

土門　試したのは自分の運だ。ここであんたに殺されるくらいなら、俺は俺の復讐を果たす事など出来はしない。それを賭けた。

男　……君、面白いね。

とサジを土門の喉元から放し、土門から離れる。

男　じゃあ、僕も君の運に賭けてみることにするよ。

と、そこにわらわらと駆け込んでくる兵士。
監獄島の特殊警備兵だ。それぞれ手に得物。

土門　……なんだ、こいつらは。ただの看守じゃないな。

男　僕がその鎖から解き放たれると、すぐに警報が鳴るようになっている。僕相手を想定した連中だから結構手強いはずだよ。

襲いかかる兵士達。
軽く捌く男。兵士から得物を奪うと土門に投げる。

土門　え。

男　切り開きたまえ。自分の運命を、自分の腕で。

土門、一瞬躊躇するがなかばやけ気味に兵士達に打ちかかる。
必死に戦う土門、技よりも執念が勝っている。

土門　俺は帰る。必ず帰る。こんなところで死んでたまるか！

気迫で押す土門、隊長を倒す。

兵士　た、隊長が……。

兵士達、ひるむ。

土門　さあ、来い！

その迫力に、下がる兵士達。

男　うんうん、なかなかやるね。上出来だ。じゃあ、少しばかり人の殺し方を見せてあげようか。

男、兵士達の方に歩み寄る。兵士達、打ちかかるが最小限の見切りでそれをたやすくかわす男。

男　（土門のサジを掲げる）これはサジだ。

男、兵士の一人の胸にサジを突き刺す。

男　鎧の隙間から相手の心臓に突き刺す。これで人は殺せる。

サジを引き抜くと息絶える兵士。その兵士の腰の帯を解く男。

男　これは帯だ。（と別の兵士の首に巻き付ける）首を絞め気管を潰す。これで人は殺せる。

帯をギュッと締めると息絶える兵士。

男　（人差し指を掲げる）これは指だ。

襲ってくる兵士を押さえ、その目に人差し指を突き刺す。

男　目の奥にある脳をえぐる。これで人が殺せる。

兵士、頭を押さえ倒れる。
敵の剣を奪う。

男　もちろん剣でも。

兵士を斬る男。次に槍を奪う。

男　槍でも。

槍で兵士を貫く。

男　簡単に人が殺せる。

兵士を全滅させる男。

淡々と人を殺す男に驚く土門。

土門　……すさまじい腕だな。

男　この世にある全てのもので人は殺せる。技術と意志さえあればね。君にその気があれば、教えてあげるよ。

土門　(呆気にとられながらも) あ、ああ……。

男　さあ、行こう。船は向こうだ。

土門　船。

男　この島を脱出するんじゃなかったのか。船着き場は向こうにある。

土門　あ、ああ、そうだ。

男　じゃあ、急ぐ事だな。潮の流れが陸に向かう頃だ。
土門　……あんた、名前は。

男、手にした土門のサジを眺める。

男　そうだな、——サジとでも呼んでくれ。

ここより男はサジと呼ばれる。

土門　サジ?
サジ　そう。君は今日までこのサジで土を掘って道を作った。だが、これからは僕が君の道を作る。
土門　あんたが?
サジ　人が何かをなそうとする時一番邪魔になるのは何か。人間だよ。別の考えを持つ他人だ。だから僕が君の邪魔をする者を消してあげよう。
土門　全部殺すのか、さっきみたいに。
サジ　それが僕の仕事さ。
土門　……。
サジ　君をそんな姿にした裏切り者に必ず復讐する。そう誓ったんだろう。

土門　そんな姿？

サジ、土門が手にした得物、その刃の部分を鏡代わりにして土門に己の姿を見せる。

土門　……この髪、これが俺か……。（と自分の髪が真っ白になっているのに唖然とする）……たった十年でこんな……。

改めて決意する土門。

土門　（サジに）本当に手伝ってくれるんだな。
サジ　君は僕に自由という報酬をくれた。その分の仕事はしないとね。
土門　今はその言葉、暗闇の中にある一本の蠟燭だと思おう。
サジ　なるほど。だけど、蠟燭だと風が吹けば炎は消えるよ。
土門　風で消える程度の炎なら、最初からあてにはしない。俺を裏切る奴は誰であろうと地獄に叩き落としてやる。
サジ　……よく分からないが、気持ちは伝わったかな。

と、遠くから人々のうめき声が幾つも聞こえてくる。

土門　（それに気づき）……何の音だ。

サジ　囚人達だね。不穏な空気を察したのかも知れない。

そのうめき声の中に女性の声が混じる。うめき声のような呪文のような声だ。「えかあんたらあーとまん、あすあまらー」と聞こえる。

土門　あれは……。

サジ　どうした。

土門　逃げる前に確かめたい事がある。

土門、その声の方に走り出す。

やれやれという風にあとを追うサジ。

×　　×　　×

ある牢。

そこにボロボロの姿の一人の女性がいる。

ペナンである。

ペナン　エカアンタラアートマン、アスアマラ。エカアンタラアートマン、アスアマラ……。

その牢の前に駆け込んでくる土門。続けてサジ。
土門、じっとペナンを見つめる。
ペナンもじっと土門を見つめる。

ペナン　ダラカン⁉
土門　……。
ペナン　ダラカン、ゲナ、キャーグッド！

獣の咆哮のようにも聞こえるその声。

サジ　行こう、変な生き物に関わっている暇はない。
土門　ダラカン！
サジ　おいおい。
土門　ダラカン、ダチ、ダシチャーガ！
ペナン　ングワ！　ゲナ⁉
土門　ゲナゲナ！
ペナン　ゲナゲナゲナ⁉
土門　ゲナゲナゲナゲナ！
ペナン　ンーゲナーンーゲナー。

愛想よくなるペナン。

サジ　……通じ合ってるのか。

土門　今開ける。

牢の鍵を開けようとする土門。

サジ　僕がやろう。

土門　え。

サジ　その方がはやい。

サジ、鉄サジで牢の錠を開ける。

土門　コンガ！　デダンコンガ！

扉を開けペナンを呼ぶ土門。

ペナン　ナゴッツ、ガタッカ、チューチュー！

抱きつき土門にキスしようとするペナン。

ペナン　チューチュー！
土門　わかったわかった。
ペナン　チューチュー、ヘルモンジャナシ。
土門　今、減るもんじゃなしって言ったな。
ペナン　（知らん振り）チューチューチューチュー。

近づくペナンをあしらう土門。

サジ　どういうつもりだ。

と、そこに現れる老看守とガラン。

老看守　（得物を構えて土門達に）動くな！　（ガランに）脱獄だ。他の看守に知らせろ。
ガラン　はい。

サジ、二人とも始末しようと動き出す直前、ガランが老看守を背中から斬り殺す。

老看守　え？

倒れ、絶命する老看守。

ガラン　ペナンジュ！（ひざまづく）
ペナン　ガランドン！
サジ　……とりあえず殺すか？
ガラン　待て、待ってくれ。俺は彼女を助け出しに来ただけだ。看守として潜り込んで、彼女を助けようと思っていた。あんた達の邪魔はしない。
土門　ゲルナ、ペナンジュ、デダンアーマ。
ガラン　なぜ、それを。
土門　お前達の言葉なら少しはわかる。
ペナン　ゲナゲナ。

ペナン、土門にすっかりなついている。

ガラン　……ペナン様。すっかりなつかれて。
土門　サジ、彼女も連れて逃げるぞ。

サジ　足手まといだ。

土門　いや、彼女こそ俺の復讐の鍵となる。

サジ　え。

土門　こう見えて彼女こそハマン王朝のお姫様だ。

サジ　お姫様？

　　　そこにロクロクが現れる。若い女だ。

ロクロク　ガラン、こっちこっち。

ペナン　ロクロクドン！

ロクロク　ペナンジュ！

ガラン　（土門達に）仲間です。船を用意してます。さあ、こっちに。

土門　行こう、サジ。

　　　土門、ペナン、ガラン、ロクロク走り去る。
　　　土門の去った方を見るサジ。

サジ　……すでに次の手を考えてるってわけか。思ってた以上の男かもな。

あとに続くサジ。

――暗転――

【第二景】


それから一年ほどして。

鳳来国の都。

大王《おおきみ》の次に偉い大連《おおむらじ》、稀道活《きのどうかつ》の屋敷。

踊り女達を大勢呼んで、宴を開いている。

中心で踊っているのは、方白《かたしろ》という美貌の若き踊り女。

主席にいるのは主の道活。ちなみに稀浮名は彼の息子である。道活の横に客として招かれている音津空麿。今では国教となった蛮教の大神官となり、学問頭という位についている。横には父親の音津物欲《おとつのものほし》。出された料理などをガツガツ食っている。

その他、豪族達もいる。

方白の踊りが終わる。

道活　おうおう、見事見事。お前、名前は。

ただ笑みを返す方白。

空麿　この踊り女は口がきけませんよ、道活殿。
道活　なに。
空麿　この都一の踊り女、方白と言えば、芸の上達を祈って踊りの神に願掛けて、その舌を切り言葉をたったというのは有名な話。まあ、蛮教の大神官である私にしてみれば「蛮神以外の神様に願かけちゃあかんやろが、このバカモンがー」と怒らなければならないところでしょうが、これだけの美貌に免じて、ここは見逃してやりましょう。
道活　しょっぱなから能書きが長いなあ。
空麿　性分ですから。
道活　まあ、その能書きでここまで蛮教を広めたと思えば、腹も立たぬわ。立つけどな。
空麿　どっちですか。
道活　立つけど我慢するんだよ、大人だから。
物欲　えらい。さすがは大王《おおきみ》の次に偉い大連《おおむらじ》の道活様。いい大人であらせられる。
道活　じじいは黙っていろ。
物欲　いやいや……。
空麿　（物欲を諌める）父上。

物欲、しぶしぶ黙る。

空麿　今日はお招きいただきありがとうございます。

道活　空麿殿にはいろいろ世話になったからな。おぬしがうまく蛮教の教義をでっち上げて、民からお布施という名の金を巻き上げてくれるから、こちらもいろいろと動きやすい。

空麿　いや、道活様、でっちあげなどとは人聞きの悪い。全ては蛮教の教義にかなったこと。自分の持てるものをすべて神に差し出す。それが高価であればあるほど、穢れは払える。それはすべて教典に書かれていることではないですか。

道活　おお、そうだったな。これは軽率だった。わっはっは。

物欲　これは、大王の次に偉い大連様とも在ろうお方が。（と一緒に笑う）

道活　じじいは笑うな！

物欲　……。

空麿　父上。だから言ったでしょ。勝手についてくるんじゃないって。あなたに官位はないんだから。ここにくる身分じゃないんですよ。

物欲　だって、ご馳走が出るって……。

空麿　もー、いー加減食べたでしょ。先に帰ってて下さい。

物欲　でも……。

と、そこに現れる浮名。こちらも豪勢な身なり。今では右大臣。父の道活に次ぐ位だ。

浮名、女官を連れて現れる。女官といちゃいちゃしながら歩を進める浮名。

浮名　あー、もー、仕事だってえのに、どうして君たちは放してくれないかな。はい、おしまい、おしまい。

それでも離れない女官に。

浮名　いいから帰りなさい。右大臣様は忙しいの。

女官達「えー」「やだ」などと言う。女官2、浮名の手を自分の胸に導く。

浮名　あー、もー、仕方ないなあ。じゃあ庭の離れで待ってて。濃い顔のおっさんの相手ちゃっちゃと終わらせていくから。

「もー」「すぐですよ」などと言う女官達。

浮名　うん、すぐすぐ。じゃあねえ。

女達しぶしぶ手を振り、去る。浮名も手を振る。

道活　濃い顔のおっさんとは誰の事じゃ。こら。

浮名　うわ、また今日は一段と機嫌が悪いなあ。親父殿。
物欲　さきほどまではとてもご機嫌だったのだ。大王の次に偉い道活様の心がなぜ乱れたか、儂にもとんと解せん。
道活　だから、大王の次、大王の次ってうるせえんだよ！　とっとと去れ、じじい!!
物欲　え。
道活　あのうすら大王よりはこの俺様の方がよっぽど偉いんだよ。この鳳来国を動かしてるのはこの俺、大連の稀道活様なんだよ。何遍言ったらわかるんだ、このモーロクじじい！
空麿　……父上、帰りなさい
物欲　お、う、うん。

慌てて引き上げる物欲。もちろんご馳走を持ち帰るのを忘れてはいない。
他の豪族達、物欲を嘲笑うように見ている。

浮名　相変わらず、あのおっさんは何考えてるかわからないなあ。
空麿　反面教師だな。ああならないように、必死で学問に励んだのだ。そして今の地位を得た。
浮名　異国で友人を陥れてもな。
空麿　あれ、奴を友人と思っていたのか。
浮名　めっそうもない。
道活　（豪族達に）せっかくの宴を、空気を読めん者のせいで、台無しにしてしもうたの。だが、この稀道活、儂の元に集う者は、徹底的に愛する！　そこの踊り女、俺と結婚してくれ！

と、方白を指差す。

浮名　(方白に)あー、気にしなくていいから。勢いで言ってるだけだから。
道活　(一同に)儂についてくればみんな幸せにしてやるぞ。大王なんぼのもんじゃーい！
浮名　はい、拍手拍手ーっ！

と、あおると豪族達や踊り女達も拍手と歓声。

浮名　よし、親父殿のご機嫌も戻ったところで今日の所は解散。かいさーん。

方白、会釈して立ち去る。豪族や踊り女達も後に続く。

浮名　じゃ、俺も。
道活　まて、浮名。まだ少し話がある。
浮名　もう、早くしようよ。俺、約束が。
空麿　話というのは蛮心教《ばんしんきょう》の事だ。
浮名　蛮心教？　なんだ、そりゃ。

空麿　新しい蛮教だ。半年ほど前に、西の国に現れたと思ったら、あっという間に広まった。都の外れにも、説教殿《せっきょうでん》が出来ているらしい。
浮名　馬鹿馬鹿しい、俺たち以外にこの国で蛮教を知ってる奴がいるわけがない。
空麿　まあ、インチキだとは思うが。
道活　だがな、大王の野郎が妙に興味を持ってやがる。
浮名　大王が？
空麿　新しもの好きのボンボンだからな。こっちがどれだけ苦労して蛮教という仕組みを作って、国に金と労働力を提供しているかわかろうともしない。
道活　あのお坊ちゃんもそろそろなんとかせんといかんが、今は蛮心教だ。多少手荒なことしてもいいから、とっととやっちまえ。
浮名　わかってますよ。野暮用すませたら、行ってきます。
空麿　また女か。あんまり奥方を悲しませるんじゃないぞ。
浮名　おいおい、俺がいつ、あいつを悲しませた。そんなことがあるわけないだろうが。
空麿　よく言う。

と、向こうを見やる空麿。

空麿　……ああ、お前、野暮用もなくなったぞ。
浮名　え？

と、さっき約束していた若い女官達が転げまろびながら入ってくる。
彼女たちを脅すように、凄い剣幕で後ろから現れる鹿女《しかめ》。浮名の妻である。

鹿女　ほうら、逃げんじゃない。とっとと行かんか、われぃ。

浮名　あ……。

女達、悲鳴を上げながら浮名の方に近づく。

女官1　浮名様、この人こわーい。

女官2　誰なんですか、このおばさん。

鹿女　誰がおばさんじゃ、われぃ。

浮名　いや、それはだね。

道活　どうしたね、鹿女殿。

鹿女　これはこれはお舅様。いや、私が庭の散歩をしておりましたところ、裏の離れで何やらかまびすしい声。若い女性《にょしょう》が何故《なにゆえ》こんなところにと問い質しましたるところ、何やら稀浮名様という殿方と逢い引きの約束をなさっているとか。確か、うちの旦那様も稀浮名と申しますが、まさかうちの旦那様に限ってそんなことをするはずもない。これは誰かがうちの旦那様の名前を騙っての事と思い、こうやって連れてきたわけにござります。

女官1　えー、でも、確かにあそこの浮名様が。
鹿女　じゃっかあしいわい、われぇ。だまらんかい、われぇ。

脅える女官達。

女官達　浮名様～。
鹿女　あ～ん。（と怒りの眼差し）
浮名　あー、君たちはどなた様かな。ほら、関係ない人がこんなところでウロウロしていてはいけない。さっさと去りなさい。衛兵、衛兵。

と、衛兵が現れる。

浮名　彼女たちを屋敷から出しなさい。

ブツブツ言う女官達を連れて行く衛兵。

浮名　（鹿女に）まったく、誰が俺の名を騙ったのか至急調べる必要があるな。

鹿女、まだ浮名を睨み付けている。

道活　あー、嫁御殿《よめごどの》。浮名は空麿殿と仕事がある。ここは、この舅の顔を立てて怒りをおさめなさい。ほら、向こうに水菓子を用意しておる。ささ、行かれよ、行かれよ。
鹿女　水菓子よりも酒がいい。
道活　それもある。さ、行かれよ。

鹿女、踵を返して立ち去る。

浮名　な、空麿。あいつが悲しむわけがない。悲しいのはいつも俺だよ。
道活　お前も、ひどい嫁御をもろうたものだな。
浮名　あんたが決めたんだろ。あんたが勝手に。
道活　だってあれは河内の大豪族の娘だぞ。俺が宮中で力を持つためにはなんとしても血縁関係は結んでおかないと。
浮名　だったら自分の嫁にしろよ。てか、もともとあんたの後妻のはずだったんじゃないか。祝言の日に本人見たら、いきなり俺の嫁ですか。びっくりしたよ、これから義理の息子になりますって挨拶しようとしたらいきなりあんた「こいつが花婿です」って。
道活　だって、俺も会った事なかったんだもん。金が欲しかっただけだもん。普通いやだろ、あんな嫁さん。
浮名　それを人に押しつけますか。

道活　若い時に苦労しとけ。あとで必ず後悔するから。
浮名　それじゃダメだろう。
空麿　ま、欲しい女が手に入らなかったんだ。だったら金がある方がいいだろう。
浮名　……よせ、空麿。
空麿　結局あの美古都だけは、どうにもならなかったんだ。今のお前は、金と権力で若い女を好きに出来るんだからそれでいいじゃないか。
浮名　空麿、それ以上いうと長年の友でも容赦はせんぞ。（と、一瞬本気で怒る）
空麿　え。
道活　空気が読めないのは父親譲りか。

と、短刀を抜く浮名。

空麿　おい、浮名。

と、浮名、空麿の背後に向かって短刀を投げる。
物陰から、先程去ったはずの踊り女の一人、丹色《にしき》が肩を押さえて転がり出る。
浮名の短刀は彼女を狙って投げたものだった。

浮名　さっきから物陰で俺たちの話を盗み聞きしてやがった。

空麿　密偵か。
道活　小さいからって、俺の目はごまかされんぞ。女。
丹色　あんたは気づいてなかったじゃないか。
道活　やかましい。せがれの目は俺の目じゃ！　衛兵！　衛兵！

駆け込んでくる衛兵達。
丹色、短刀を構え逃げ出す。

道活　逃がすな、追え追え！
浮名　殺すなよ、生かして連れてこい。
衛兵達　は！

衛兵達、踊り女を追って駆け去る。

浮名　あの傷だ。血のあとを追えば逃げられはしない。まずは俺が吟味してやる。たっぷりな。
空麿　女には目がないな。
浮名　野暮用を邪魔されたからな。
空麿　しかし、誰の指図で。
道活　そんなもの、あやつに決まっている。この俺の、大連の座を狙っている……。

空麿　左大臣の京兼惜春《きょうがねせきしゅん》殿か。
道活　殿はいらねえよ、あんな奴！　息子の調部が死んだ時は奴の悪運も尽きたかと思ったが、しぶとい野郎だよ。
浮名　ま、女を捕まえれば分かる事です。そのあと、蛮心教も片付けますよ。
道活　おう、よろしく頼むぞ。
空麿　惜春よりも道活殿の方がよほどしぶといですな。
道活　おうおう。あんな軟弱野郎に足下すくわれてたまるかよ。うははは。

浮名と空麿もあわせて笑う。
三人の悪党、闇に溶けていく。

×　　×　　×

道活の屋敷の外。
逃げている手負いの丹色。
が、道活の衛兵に追いつかれる。
囲まれる丹色。

丹色　しまった。
衛兵1　逃がしはせんぞ、女。
丹色　……ただでやられるつもりはないよ。

短刀を持ち打ちかかる丹色。が、多勢に無勢。衛兵達にあしらわれる。
衛兵1に捕まる丹色。

丹色　はなせ、はなせってば。
衛兵1　放してたまるか。

と、そこに現れる方白。
衛兵達、虚を突かれる。

衛兵2　なんだ、さっきの踊り女か。去れ去れ。こんなところにいたら怪我するぞ。
方白　それはどっちかな。

衛兵達、「しゃべった!」と口々に驚く。

衛兵1　ていうか、男!?

片白の声は、男のものだった。

方白　それを言ったらおしまいだ。

方白、一人の衛兵が持っていた槍を奪う。

そして、その槍で一気に衛兵を突き殺す。

方白　お前の命がね。

残りの衛兵、方白に襲いかかる。

方白に槍が刺さったかに見える。

だが、それは着物だけ。

衛兵達、一瞬混乱。

その時、別の方向から現れる男の兵士姿の方白。いや、方白ではない。これが彼の本当の姿、
その名を刀衣《とうい》という。

両刃剣を抜く刀衣。その剣技の見事さ。

やられる衛兵達。

丹色　……あ、あなたは。

そこに現れる一人の男。穏やかな風貌の壮年だ。身なりは品があるが華美ではない。

京兼惜春《きょうがねせきしゅん》。鳳来国の左大臣。死んだ調部の父親だ。

惜春　大丈夫だったかね、丹色。
丹色　惜春様。
惜春　私の頼みで危ない目にあわせてしまったね。
丹色　いいえ。あの浮名、ぼんくらですが勘だけは鋭い。油断しました。申し訳ありません。
惜春　よいよい。おぬしが無事ならな。刀衣。
刀衣　はい。
惜春　よく丹色を助けてくれた。だが、少し人を殺しすぎたな。
刀衣　申し訳ありません。
丹色　あの、彼は。
惜春　方白というのは仮の姿。本当は刀衣という。
丹色　なぜ道活の屋敷に。私では信用なりませぬか。
刀衣　実際見つかったしね。
丹色　……。（ムッとする）
惜春　彼は私のためにだけ、動いているわけではないからね。たまたま行動が同じになっただけだ。私にとって目となり耳となってくれるのはお前だよ、丹色。だからそうヘソを曲げるな。
丹色　はい。

惜春　で、道活殿の動きはどうだった。
丹色　やはり大王のご意向に素直に従うつもりはないようです。むしろ邪魔者扱いしていました。
惜春　愚かなことだ。いま、権力争いをしては、せっかくかたまったこの国がまた揺らいでしまうというに。
丹色　あとは、蛮心教の事を気にしておりました。
惜春　蛮心教……。西から流行っている新しい蛮教か。あれも気がかりだな。（と、そこで丹色の様子に気づく）丹色、お前怪我をしているね。
丹色　いえ、こんなもの大したことは……。
惜春　いかんいかん。屋敷に戻るぞ。怪我の手当だ。
丹色　そんな、もったいのうございます。
惜春　いいから来なさい。

惜春、穏やかな笑み。

丹色　ありがとうございます。
刀衣　では私は……。
惜春　ああ。大王の事頼んだぞ。
刀衣　おまかせを。

うなずく刀衣。

——暗転——

【第三景】

都のはずれ。
立派な寺院。
「一心蛮在」の幟が何本も立ててある。
蛮の神の面が飾ってある。
南方の神のようにあでやかで異形の面だ。
大勢の人だかり。
と、一段高い寺の堂から、きらびやかな法衣をまとった女性が現れる。ペナンだ。
銅鑼を鳴らすペナン。

ペナン　腹をすかせた者ははやくおいで。あたたかいかゆだよ。蛮心教のふるまいだ。
大きな鍋から、人々にかゆを与えているガランとロクロク。
ガラン　ほうら、押さない、押さない。かゆならあるよ。

ロクロク　あわてない、あわてない。かゆを食うついでに教主さまの話もちょっと聞いていきな。
ガラン　かゆは腹を膨らまし、話は胸を軽くする。
ロクロク　ほんのちょっとのお時間拝借だよ。

再び銅鑼を鳴らす

ペナン　みんな、待たせたね、我らが蛮心教教主、飛頭蛮《ひとうばん》様だ！

その声に合わせて現れる飛頭蛮。
髪は白いが精気は漲っている。眼光鋭く口跡あざやか。堂々たる貫禄だ。伊達土門が正体を隠し故国に戻ってきた姿である。

飛頭蛮　みんな、ひもじいか。腹が減っているか。

「おお」とうなずく民衆。

飛頭蛮　だったら、かゆを食え。いくらでも食え。死ぬまで食ってもなくならない。蛮心教の鍋のかゆは、いくら食べてもなくならない。なぜかって？　それは、この鍋が神様の鍋だからだ。奇跡の鍋だからだ。嘘だ。そんな鍋があるわけがない。この鍋は、そこの鍋屋の親父が作ったものを買い上げた普通の鍋だ。

　と民衆の中の鍋屋の親父がガッツポーズ。

飛頭蛮

かゆがなくならないのは神様のせいじゃない。寺の裏に米袋があるからだ。山のように積まれた米袋があるからだ。奇跡でも何でもない。至極当たり前の話だ。

だがな、その米を作ったのは誰だ。あなた方だ。あなた方一人一人だ。一人一人が田に水を引き、一人一人が苗を植え、虫を祓い、収穫して出来た米だ。

至極当たり前の話だ。だが、それが奇跡なんだ。当たり前の事を当たり前に行う。その時そこに神がいる。おとなしい神じゃない。激しい神だ、野蛮な神だ。時に飢え渇き泣き喚《わめ》き、時に笑い安らぎ満ち足り、時に妬《ねた》み嫉《そね》み僻《ひが》み、時に勇み猛り奮い、だがしかし、その激しさで愛する、愛《め》でる、愛《いと》おしむ。その激しき神に頭《こうべ》を垂れる者には、その激しさをもって、愛する、愛でる、愛おしむ。

その神はどこに在るか。（自分の胸を指し）この胸に在る、（民衆を指し）その胸に在る、（天を指し）全ての人の心にある！

私の胸に神がいる。

あなたの胸に神がいる。

我らの胸に神がいる。

ただ祈れ、その胸の神に！

ただ祈れ、その心の神に！

ペナン、ガラン、ロクロクが声をあわせて神言を唱える。神言とは蛮神の教え。仏教の真言のようなものである。

三人　一心蛮在《いっしんばんざい》！　一心蛮在！

飛頭蛮　一つの胸に常に神在り。

一同も共に唱える。

一同　一心蛮在！　一心蛮在!!

飛頭蛮　一つの心に常に神在り！

人々、歓声を上げる。

それを遠くから見ている浮名と彼の私兵、東寺無骨《とうじのぶこつ》。浮名、素顔を隠すため覆面をしている。

浮名　ふん、勝手な事を言ってやがる。そんな神様の大安売りをされてたまるかよ。よし、お前達。適当に叩きのめしてこい。二度と都に近づこうと思わせるな。

無骨　おまかせください、浮名様！

私兵達　浮名様！

浮名、無骨の頭をはたく。

浮名　声が大きい。俺が何してるかわかる？　覆面でしょ。覆面って何のためにするかわかる？　顔隠すためでしょ、正体隠すためでしょ。

無骨　あ……。

おう、そうかとうなずく私兵達。

浮名　その辺の機微はわかろうよ。

無骨　申し訳ありません。覆面の浮名様！

私兵達　覆面の浮名様!!

やるせない浮名。

浮名　ああ、もういいから。ちゃっちゃとやって来い。

無骨　よし、いくぞ、お前達。

集まっている民衆達に襲いかかる私兵達。

無骨　ほうら、どけどけどけ。邪魔だ邪魔だ。

止めに入るガランとロクロク。

ガラン　何するんだ！

ロクロク　乱暴するんじゃないよ！

無骨　乱暴ではない、取締りだ。都の近くでは、あやしい宗教は禁じられている。痛い目見たくなかったら、とっとと消え失せろ。

脅え惑う民衆。

飛頭蛮、私兵達に立ちはだかる。

飛頭蛮　まあ待ちなさい。

ペナン　私達は、ただ神の教えを説いていただけ。それがなぜ責められる。

無骨　神の教えなどと言って貧乏人から金を巻き上げる。そういううさんくさい手合いは山ほどいる。お前らのやり口は見え透いてるんだ。

ガラン　金を巻き上げる？　俺たちが？　冗談じゃない。

無骨　ごまかすな。金をとらない教えなど、どこにある。金がありゃあお布施、金がない時は力仕事で蛮の神に奉仕する。そうして功徳を積んで初めて極楽に行く。それが蛮教だろうが。

私兵達　おう。

無骨　大王が認めた寺以外でお布施を集める事は禁じられている。とっとと都から出て行け。

ロクロク　疑うんならここにいる人達に聞いてみればいい。あたし達があんた達から金なんかもらったかい。

「はらってねえ」などと口々に言う民衆。

飛頭蛮　確かにこの国の法律では、お布施をとることは禁じられている。だが、我々は食事の出来ない人にかゆを施し、話をするだけだ。何をとがめられる事がある。

無骨　これ以上の問答は無駄のようだな。者ども、やってしまえ。

飛頭蛮に襲いかかる私兵達。

飛頭蛮　よせと言うに。

彼らの攻撃を素手で軽々と捌く飛頭蛮。
この十一年、サジによって鍛えられた彼は超一級の戦士となっていた。

私兵達、全員叩きのめされる。
大喜びする民衆達。

無骨　く、くそう……。

その様子を物陰で見ている浮名、形勢不利を悟り逃げ出そうとする。

浮名　……くそ、ここはひとまず退散するか。

が、彼の前にいつの間に現れたのか、サジが立っている。

浮名　どけ。

動かないサジ。

浮名　どけというに！

力尽くで押し通ろうとする浮名。だが、サジがそれを止める。サジは小さな動きだが、浮名は大きく突き飛ばされる。

浮名　おのれ！

頭に血が上り刀を抜く浮名。
打ちかかるがサジの敵ではない。
手玉にとられ尻餅をつくと覆面をはぎ取られる浮名。

浮名　あ。（あわてて顔を隠す）

その様子を見ている一同。
飛頭蛮、浮名の顔を見て一瞬息をのむ。
集まっていた民衆、「浮名様だ」「右大臣だ」「なぜここに」などと口々に言う。
サジ、飛頭蛮の様子を一瞬見る。

飛頭蛮　待て。乱暴はいけない。

飛頭蛮、浮名の傍に寄り、彼を立ち上がらせると、ほこりを払う。

飛頭蛮　稀浮名様ですね。

浮名　あ、ああ。
飛頭蛮　右大臣自らお見回りですか。これはこれはお疲れ様でございます。
浮名　（相手の予想外の低姿勢にちょっと強気になる）あ。お、お前か、蛮心教などというあやしい教えを布教しているのは。
飛頭蛮　飛頭蛮と申します。
浮名　飛頭蛮？
飛頭蛮　はい。
浮名　……。（飛頭蛮の顔を見るが、土門である事には気づかない）
飛頭蛮　ありがとうございます、右大臣様。わざわざこのような下々のもめ事までお気にかけていただけるとは、並みのお方にできることではない。
浮名　え。
飛頭蛮　私どもは、この国の法律にのっとり、この地の民達に対して献金や使役の要求は一切しておりません。こちらに落ち度がないことは、公明正大なる右大臣様ならばよくおわかりのことでしょう。ですが、確かにこちらも唐突なところがあった。土地の方々が反発心をもつのも宜《むべ》なるかな。わかりました。今回の事で右大臣のお顔を潰すような事は、この飛頭蛮の名にかけて一切致しません。
ペナン　ガラン、ロクロク。
二人　はい。

と、手に持てるくらいの宝箱を持ってくる。

ペナン　教主様。

飛頭蛮　右大臣様にお渡ししなさい。

受け取る浮名。蓋を開けると金の装飾品がたくさん入っている。

浮名　これは金《きん》ではないか。翡翠も琥珀も水晶も……。何のつもりだ。

飛頭蛮　税金でございます。我々がこの地に住まう以上、税を納めるのは当然の事。やましいお金ではありません。

浮名　おう、それはまあ、確かに。

飛頭蛮　(民衆に)あなた達も今日は立ち去りなさい。右大臣様が我らの無事をお約束なされた。明日もまたかゆを配る。だから、今日はここまでにしよう。

ペナン　ささ、みなさん、解散ですよ。はい、今日はおしまい。

と、ペナンやガラン、ロクロクにせかされて民衆達も立ち去る。

宝箱の中の金を吟味している浮名。

浮名　見事なものだ。だが、こんな宝どこから。

飛頭蛮　私どもは、海の向こうで貿易を営み、巨万の財を築きました。蛮心教布教は言わば道楽のようなもの。今後は是非、あなた様方鳳来国の宮中の方々とともに、海外との交易を進めて行ければと考えております。

浮名　貿易か。

飛頭蛮　はい、ぜひ右大臣様のお力をお借りしたい。

浮名　でもなあ、なんかさっきいきなり乱暴されたしなあ。

サジ　申し訳ありません。御身の凄まじき殺気に脅えて思わず打ちかかってしまいました。

飛頭蛮　こ奴如き未熟者では右大臣が本気を出されれば、一蹴するもたやすきこと。それを相手にせずにただ受け流すとは、さすがは大人物。

サジ　本気を出されていなかった事はこの私が一番よく知っております。この首が今ここにつながっているのも、あなた様の器量の大きさ故。まいりました。

浮名　お、おう、そうか。わかればいいんだ、うん。

飛頭蛮　貿易のお願い、やはり浮名様にお願いしてよかった。左大臣の京兼惜春様や、学問頭《がくもんのかみ》の音津空麿様とも考えていたのですが……。

浮名　あー、ダメダメ。それは全然ダメ。惜春とか空麿とかじゃ、頼りにならない。この私にまかせなさい。

飛頭蛮　ありがとうございます。

浮名　いずれ使いを出す。それまではここにいろ。くれぐれも他言無用だぞ。

飛頭蛮　承知しております。

浮名　（私兵達に）ほら、お前達、引き上げるぞ。

私兵達もぞろぞろと引き上げる。

全員が立ち去った事を確認して、飛頭蛮、大声で笑い出す。

飛頭蛮　大馬鹿野郎が。宝を見せたら目の色が変わりやがった。相変わらず欲に汚い男だ。奴め、とうとう最後まで俺の正体に気づかなかったぞ。

サジ　ああ、そうだな。

飛頭蛮　この白い髪にも感謝せねばならんな。

ペナン　監獄島を逃げ出してからのこの一年でも、見違えるほど貫禄がついたからね。十年以上離れていれば、まったく分からないんじゃない。

飛頭蛮　お前も鳳来語がうまくなった。

ペナン　あなたの復讐の手助けのためなら何だってやるわ。監獄島で救われた命だもの。財産だって好きなだけ使っていいのよ、土門。

飛頭蛮　ああ、ありがとう。

ガラン　でも、なんで今殺さなかったんですか？

飛頭蛮　殺す？　冗談じゃない。そんなに簡単に楽にしてたまるものか。俺は許さない。まずは奴らの築き上げてきたものを奪い取ってやる。俺が監獄島に囚われた時の苦しみ、それ以上の絶望を奴らに味わわせてやるのだ。そして、調部を殺した犯人を必ずつきとめてやる。

志半ばで散った亡き友の無念も必ず晴らしてやる。

と、外を見るサジ。
人の気配を感じたのだ。

サジ　し。誰か来る。

そこに現れる七芽《なのめ》。

七芽　すみません。蛮心教の説教殿はこちらでしょうか。
ガラン　はい、そうですが。
七芽　私の主人が教主様にお伺いしたい事があると申しておるのですが、よろしいでしょうか。
ペナン　そちらは？
七芽　わけあって名乗る事は出来ないのです。御無礼とは思いますが、それでもよろしければ、教主様にお目通りをお願いしたいと。
ガラン　教主様。
飛頭蛮　かまわないよ。お通ししなさい。
七芽　ありがとうございます。（奥に声をかける）こちらでございます。

と、現れる美古都。
十一年たった今、少女の面影は消え、気品ある美しい女性となっている。
その美古都の後ろから守るように刀衣もついてくる。
美古都を見て、一瞬驚く飛頭蛮。
その表情の変化から美古都との関係を察するサジとペナン。
だが、すぐに飛頭蛮は平静な顔になる。
美古都、その顔を凝視。飛頭蛮は穏やかな笑顔でその視線を受け止める。

美古都　……あなた様が。
飛頭蛮　蛮心教教主、飛頭蛮と申します。
美古都　飛頭蛮、様……。
飛頭蛮　はい。
美古都　……。
飛頭蛮　何か？

美古都、飛頭蛮の顔に何か思うところがあるようだが、それを打ち消す。

美古都　いえ。名前も告げずにお尋ねした御無礼をお許し下さい。
飛頭蛮　蛮心教の扉を叩く者に名前は必要ない。すべて等しくただ神の前に跪《ひざまず》き祈る者です。

美古都　ありがとうございます。
飛頭蛮　それで御用事は。
美古都　蛮心教の教えは、ただ祈ればいい。祈れば人は救えるというものだと聞きました。それは本当なのでしょうか。
飛頭蛮　はい。一心蛮在。蛮の神は、等しくその胸にあります。
美古都　お布施や使役をする事で魂が浄化されるという教えは。
飛頭蛮　そんな教えは蛮教にはありません。
美古都　ですが、この国ではそれが蛮教の教義となっています。
飛頭蛮　だとしたら、それは我々が信じる蛮教とは違う何かなのでしょう。
美古都　……そうですか。ありがとうございます。お話が聞けて嬉しゅうございました。
飛頭蛮　あの……。
美古都　はい……。
飛頭蛮　なにやら高貴な家のお方のような気がしますが。
美古都　え……。

すっと美古都をかばうように立つ刀衣。

七芽　申し訳ありません。名前は名乗れないと先程お伝えしたはずですが。
飛頭蛮　これ以上の詮索はするなと。

美古都　申し訳ありません。では。

　去ろうとする美古都。

　が、そこに都の衛兵達がわらわらと現れる。

ガラン　なんだ⁉

　兵を率いるのは、武人頭《もののふのかみ》遊日蔵人。

蔵人　失礼する。鳳来国武人頭、遊日蔵人である。

七芽　蔵人様。

蔵人　七芽、ダメではないか。勝手に美古都様を宮中から連れ出しては。

七芽　申し訳ありません。

美古都　お許し下さい、蔵人様。私が七芽に無理を言ったのです。

蔵人　美古都様も美古都様だ。何かあったらどうなさいます。

美古都　それは大丈夫。刀衣がおります。

刀衣　おまかせを。

蔵人　まあ、お前がいれば大過はないと思うが。

美古都　でも、なぜあなたまでここに。

蔵人　おう。そうであった。（かしこまり）皆の者、下がれ下がれ。鳳来国大王のお出ましである。

ハッとする美古都。
そこに現れる大王。
身構える飛頭蛮一党。

大王　おお、美古都。やっぱりここであったか。
美古都　大王様。
大王　で、どうだい。新しい蛮教の教えは。納得の行くものだったのかい。
美古都　はい、それは。
大王　ああ、じゃあこの教えは、民を救う事ができそうなのかな。
美古都　今の蛮教よりは遙かに。
大王　うんうん、君の亡くなったお兄さんが必死で学んでいた蛮教が、あんな金儲けの教えであるわけがない。ずっとそう言っていたものね。（飛頭蛮に）君が、教主かな。
飛頭蛮　はい。
蔵人　あ、直接話しかけるでない。私を通せ。
飛頭蛮　は。
大王　いいよいいよ。めんどくさいから。（飛頭蛮に）后《きさき》が、急に尋ねてしまい驚かせたね。

飛頭蛮　え。
大王　迷惑でなければよかったのだが。
飛頭蛮　いえ、それは……。お后様だったのですか。
大王　ああ、そうだ。なかなか宮中におとなしくしていなくてな。困っているよ。
飛頭蛮　これは……。（美古都に）高貴な御身《おんみ》とは知らず、御無礼な口をきき申し訳ありません。

深く頭を下げる飛頭蛮。

美古都　いえ、いいのです。私が名乗らなかったのですから。
大王　あれ、内緒にしてたの？　なんで？
美古都　え。
大王　ああ、ダメだよ。庶民感覚はいいけど人には立場があるからね。偉い人間は偉いと周りに言っておかないと逆に迷惑をかけるんだよ。
美古都　申し訳ありません。
大王　もう、いけないコなんだから。

と、美古都の額を指でつつく大王。そのデレデレが見てられない飛頭蛮。さりげなく視線をそらす。美古都もちょっと困惑している。
咳払いするペナン。

蔵人　大王、臣民の前でございます。

大王　ん？　ああ。でもいいんじゃない、妻も愛せぬ男がなんで民を愛せる。ね、美古都。

美古都　は、はい。（ちょっと閉口気味）

大王　で、納得がいったんだね、君としては。この教団の教義が。

美古都　はい。……もっと詳しくお聞きしたい。できれば、学問頭様と教義問答をしていただければと思います。

大王　わかった。蔵人。

蔵人　は。（と前に出て）蛮心教教主に告げる。十日後、宮中において、鳳来国学問頭音津空麿殿と、蛮教教義問答を執り行う。よろしいな。

飛頭蛮　音津空麿様と教義問答を……。

大王　余が許す。蛮教と蛮心教の違い、とくと語り合うがよい。

飛頭蛮　あ、ありがとうございます。

大王　じゃあ、行くよ、美古都。

美古都　はい。

大王に連れられるように美古都、立ち去る。
七芽も続く。

蔵人　騒がせて悪かったな。では、十日後。

蔵人も引き上げる。兵達あとに続く。

刀衣とサジ、なぜか目があう。二人の間に微妙な緊張。

刀衣も立ち去る。

サジ　……あの男。

ペナン　え？

サジ　いや、なんでもない。

それまで黙っていた飛頭蛮、低く呟く。

飛頭蛮　……これが俺の運命か。よりにもよって大王の后か。噂には聞いていたが、いきなり目の前に現れるとはな。たまらんな、まったく。

サジ　……迷っているのかい。

飛頭蛮　え。

サジ　昔の想い人に出会って。

飛頭蛮　ばかな、そんなことはない。あるわけがない。

言葉を続ける飛頭蛮。

飛頭蛮　俺の怒りは都に近づくほどに増している。豪族達は昔よりもより一層贅沢な暮らしをしているが、貧しい者はますます飢えている。俺や調部が作ろうとしていたのはこんな国じゃない。浮名や空磨の口車に乗っているとすれば、大王達宮中の連中も同罪だ。

サジ　だったら叩き潰せばいい。

飛頭蛮　え。

サジ　君を陥れ親友を殺した奴らが作った国だ。こんな国ごと叩き潰せばいい。君なら出来るはずだ。

飛頭蛮　……叩き潰す。

サジ　僕も協力するよ。君との友情に誓って。

飛頭蛮　……頼む。

立ち去ろうとする飛頭蛮。

ペナン　どこいくの。

飛頭蛮　教義問答が控えてるからな。少し作戦を練ってくる。

そういいながら去っていく飛頭蛮。

ペナン　ふん。男ってのは未練たらしいもんだね。動揺してるの丸わかりじゃない。
ガラン　でもなあ、確かに綺麗な人だったしなあ。
ロクロク　ガラン。
ガラン　いや、お前のほうがずっと綺麗だよ。
ロクロク　その言い方だと余計腹が立つよ。さ、後片付け後片付け。

と、ガランとロクロク去る。

サジ　……そこが急所か。
ペナン　何を考えてるの。
サジ　え?
ペナン　サジの口から友情なんて言葉が出るとは思わなかった。ガラじゃないわよ、全然。
サジ　僕が考える事はいつも変わらない。ただ人を殺す事だけだよ。
ペナン　あー、怖い怖い。なんでそんな台詞、そんな笑顔で言うかな。

立ち去るペナン。何か思案げなサジ。

――暗転――

【第四景】

宮中。夜。大王の寝所の近くの庭。
夜空を眺めている美古都。
現れる蔵人。

蔵人　美古都様、まだ起きておられましたか。
美古都　蔵人様こそ。
蔵人　私は、夜の見回りです。
美古都　そんな。武人頭自らですか。
蔵人　心が落ち着かない時は、今でも夜の王宮を見回ることにしています。シンと静まり返った宮中を一人歩いていると、ただの衛兵だった頃の自分を思い出す。若い頃の気持ちを思い出せば、まだこの都を守れる気がする。
美古都　……今の都は守るに値しませんか。
蔵人　今この宮中を闊歩しているのは、己の欲のために動く人間ばかりです。誰が船の舵をとるかばかりにやっきになって、船の行く先を決めることを忘れている。

美古都　……あの二人が戻ってきてくれていたら、もっと違った国になっていたのでしょうか。

蔵人　調部に土門ですか……。

美古都　私は今でも信じられない。なぜ土門様がお兄様を殺したのか……。

蔵人　それは言っても詮無い事です。それに、大王は大王なりになんとかしようとしています。そのためにあなたを后に迎えた。豪族達の傀儡から抜け出すために。

美古都　そうですね。……でも、あのお方は優しすぎる。

蔵人　美古都様。それ以上、口に出してはいけない。

美古都　え。

蔵人　例え何があろうと。一度、お后の道を選んだ以上、口に出してはいけない事がある。

美古都　わかっています。口に出すどころか、心に残してもいけないことがあることくらい。

蔵人　お前もだぞ、刀衣。

不意に暗闇に声をかける。

闇から刀衣の姿が浮かび上がる。

蔵人　美古都様をお守りする。それだけがお前の役目だ。

刀衣　心得ております。むしろそれで充分。

美古都　昔に縛られることはないのですよ、刀衣。

刀衣　いいえ。昔から解放してくれたのです、美古都様が。

美古都　だったらいいのですが。
刀衣　難破して流れ着き死にかけていた私を救ってくれたのは美古都様。あの時から私は過去を捨て、この国で生きる事を誓った。
蔵人　さて、見回りに戻りますか。美古都様もそろそろお戻り下さい。大王がお待ちでしょう。
美古都　そうですね。

その時、異変を感じる刀衣。

刀衣　……お待ち下さい。武人頭殿は美古都様を。
蔵人　どうかしたか。
刀衣　様子を見て参ります。

消える刀衣。

美古都　まさか、大王が。
蔵人　行きましょう。

二人もかけ去る。

×　×　×　×

少し時間は遡る。
宮中。大王の寝所。
寝間着の大王が、何やら書き付けを書いている。

大王　(書き終わる) よし、できた。これでいいのかい。

闇から現れるサジ。

サジ　ありがとうございます。
大王　……あ、君は確か蛮心教の。
サジ　覚えておいででしたか。
大王　人の顔を覚えるのは、割合得意なんだ。教主の後ろで曖昧な笑顔を浮かべていたね。
サジ　あいまいな?
大王　なんて言うのかな……。この世に嬉しい事なんかないって分かった時の笑顔?
サジ　なるほど。言い得て妙かも。
大王　ご苦労な事だね、ここまで潜り込むのだって生半可な苦労ではなかったろうに。
サジ　いいえ、案外とたやすく。
大王　へえ、そうか。蔵人に言ったら悔しがるな。でも、こんなもの、わざわざ君が脅しに来なくても、書いていたと思うよ。

サジ　今、書いていただくことが必要だったのです。
大王　今？
サジ　はい、今。
大王　……そうか。じゃ、僕は今、死ぬんだ。
サジ　はい。
大王　人を呼んでも遅いよね。君、凄く強そうだものね。
サジ　あまりそう言われる事はありませんが。
大王　世間は人を見る目がないんだねえ。
サジ　それが世間ですよ。
大王　それが世間なのか。
サジ　ええ。
大王　ああ、そうだったんだ。なるほど。……ねえ、僕はどうして君に殺されなきゃならないんだい。……いや、それがわかってればもう少しましな大王でいたな。
サジ　あなたは充分聡明ですよ。
大王　君にそう言われてもなあ。あ、もう一つ。
サジ　はい。
大王　頼むから殺す時はもう少し厳しい顔してくれないかな。どうも殺される気がしなくて。
サジ　それはできないんです。ずっとこうして生きてきたんで。
大王　そうか。じゃあ、仕方ないな。

と、大王、隠し持っていた短剣でサジを襲う。その腕を掴み短剣を手から落とさせるサジ。

大王　無駄だとは思ったけど、一応このくらいやっとかないとね。大王だからね。

サジ　よくわかりますよ。

大王に打撃を加えると、大王が落とした短剣を拾い、それを大王の胸に突き立てるサジ。
大王、絶命。彼の手に胸に刺さった短剣を握らせると立ち去る。
入れ替わりに駆け込んでくる蔵人と美古都。

美古都　大王！　大王！

駆け寄る美古都。蔵人も様子を見る。

蔵人　美古都様、残念ながら既に……。

美古都　大王！　大王！

蔵人　（書き付けを見つける）これは……。遺書か。

美古都　遺書？　では自殺と？

蔵人　そのようですな。（中を見て）……いや、これは……。（絶句する）

美古都　どうしました？
蔵人　大王様の御遺言です。
美古都　（書き付けを渡されて読む）……大王、なぜこんな……。

呆然とする美古都。

×　×　×　×

宮中から少し離れた道。
歩いているサジ。その前に立つ刀衣。

刀衣　……大王を殺したな。
サジ　へえ、大王が死んだのかい。それは大変だ。
刀衣　ごまかしてもわかる。お前の手にこびりついた血の匂いはごまかせない。
サジ　それは自分の手の匂いじゃないのかい。随分と、人を殺してきたように見えるが。
刀衣　お前よりは少ないがな。
サジ　……君、狼蘭《ろうらん》族だね。人生は面白いな。こんな東の果ての島国で同族に会えるとは。
刀衣　……そうか。貴様、狼蘭の悪魔だな。
サジ　そんな呼び名がついていたのかい。知らなかったな。
刀衣　族長は疎《おろ》か一族の大半を殺した男だからな。世界中に散った狼蘭族に、貴様の事は伝わっている。

サジ　僕はただ、僕をだました連中に一族の掟を教えただけだ。狼蘭族が他の国の人間に、同族を売るような事があってはならない。例え相手が族長だろうと、その掟は守らなきゃならない。
刀衣　そのお前が、なぜこの鳳来国にいる。
サジ　さあ。君がこの国にいるんだから、僕がいてもおかしくないだろう。
刀衣　滅ぼすつもりか、この国を。
サジ　さて、どうだろうね。
刀衣　……。（黙って剣を抜く）
サジ　……ふうん。君は守るつもりなんだ。
刀衣　大王を殺した男は許さない。
サジ　それは君の意志かい。可哀想に。自分の意志を持った殺し屋は早死にするよ。
刀衣　俺はもう殺し屋じゃない。

打ちかかる刀衣。
サジ、隠し持っていた剣で応戦する。
刀衣の攻撃を捌くサジ。隙を突いて刀衣を攻撃するサジ。今度はサジが捌く。
二人の力は五分五分に見える。

サジ　多分、君は強すぎたんだね。

刀衣　なに。

サジ　簡単に倒せる相手としか戦ってないだろう。五分五分の相手だと、戸惑っている。どう戦っていいか迷っている。

刀衣　それは……。

と、言いかけた刀衣に打ちかかるサジ。
攻撃を決めたかに見えたが、それも刀衣は打ち払う。

刀衣　……それはお前も同じだ。俺を動揺させるためにそんなことを言っている。

サジ　さすがに手の内は読まれるね。だが、君は勝つ事は出来ない。

刀衣　お前もな。

二人、戦いの千日手に陥る。

サジ　互角か。面白いね。あとは運のようだ。

刀衣　運だと？

サジ　ああ、この勝負の流れを決める何か。それがどちらに味方するか。技術が互角なら、あとはどちらが大きな運を持っているか。それが生死の分かれ目じゃないかな。

刀衣　ふん、随分甘い事を言うな。運などに頼る奴は、とっくに死んでいる。

そこに現れる飛頭蛮。

飛頭蛮　それはどうかな。

言うなり刀衣に打ちかかる。

二対一、一気に形勢が不利になる刀衣。

刀衣　く。

飛頭蛮　運が強いから生き抜けてきた男もいる。

サジ　その事実を僕も彼に教えてもらったよ。彼をなめない方がいい。僕の技術は概ね伝えている。例え狼蘭族が相手でもいい勝負をするよ。

と刀衣、突然剣を自分に向け突き刺す。

飛頭蛮　ぬ⁉

飛頭蛮とサジ、動きが止まる。

と、刀衣の姿、血の霧の中にかき消える。

飛頭蛮　……死んだのか。
サジ　いや、幻だろう……。この霧の中に幻覚剤も入っているようだ。
飛頭蛮　幻覚剤？
サジ　逃げる隙を作るためのね。
飛頭蛮　薬使いか……。奴は確か美古都の護衛で来ていた武人だったはずだ。なぜ、お前と戦っていた？　宮中の様子でも探りに行ったのか。
サジ　いや……。彼は狼蘭族。僕と同じ殺し屋の一族だ。
飛頭蛮　狼蘭族？
サジ　ああ。砂漠の果てに住む流浪の民さ。子供の時から殺しの技術だけを教えられ、一流の暗殺者として育てられる。殺しの技を売って暮らす暗殺者集団、それが狼蘭族だ。僕も奴も、その一族なんだ。
飛頭蛮　同じ仲間がなぜお前を。
サジ　僕は狼蘭族には恨まれてるからね。族長以下一族の長老を皆殺しにした。
飛頭蛮　なんだと。
サジ　僕も裏切られたんだよ、君と同じようにね。僕の腕を恐れた長老達は僕を罠にはめて、殺そうとした。だから彼らを始末した。それからはずっと狼蘭族に追われる身さ。
飛頭蛮　待て。だとすると、お前、ひょっとしたら、監獄島にはわざと入ったんじゃないか……。
サジ　さすがだね、その通りさ。狼蘭族の追っ手に追われて傷を負った。治すのに少し時間が欲しかった。そこで君と出会えたのも面白い縁だ。
飛頭蛮　幸運と言うべきだろうな、俺にとっては。……やっと話してくれたな。
サジ　え？
飛頭蛮　お前の昔話さ。今まで何度聞いてもはぐらかされていたが。
サジ　ああ。そうだったね。あえて昔の事を話す必要はないと思っていたが……。
飛頭蛮　気をつけてくれよ。俺にはお前が必要なんだ。
サジ　君の復讐のためにはね。
飛頭蛮　ああ、そうだ。頼むぞ、サジ。

飛頭蛮、立ち去る。一人残るサジ。

サジ　……大丈夫。僕のためにも、君はまだ必要だ。

サジも闇に消える。

×　　×　　×　　×

翌日。
宮中。大王の葬儀。中央に大王の棺。
豪族達が集まっている。
待っている音津空麿と物欲。

入ってくる稀道活、浮名。

浮名　おう、空麿。まいったなあ、まったく。

道活　大王め、気が早い。引きずり下ろす根回しが終わる前に自殺するとはな。やられたよ。

空麿　ですが豪族の半分近くはすでに我らに味方しております。蛮教を押さえている道活殿の力は強い。

道活　それはつまり学問頭であるお前の動き次第といいたいのか。

空麿　いえいえ。私は常に道活様と一心同体。

道活　そこまではいらん。貴様のその頭と口先だけあれば充分だ。

浮名　ま、次の大王は父上で決まりでしょう。惜春にとっては娘が大王の后だったということが今の拠り所だったんですから。大王が亡くなられたら、今の地位も危ういはずだ。

道活　ま、俺が危うくするんだけどな。

低く笑う三人。物欲もすり寄る。

物欲　まったく。これからは大連様の時代。せがれをなにとぞよろしく。これは、儂手作りのとかげの干物。ささ、手土産に。

道活　あ〜ん。（と、迷惑そう）

空麿　（物欲に）いいから。あんたは下がって。消えて。

物欲　でも……。
道活　消えろ、じじい。

すごすご下がる物欲。
と、京兼惜春が現れる。

惜春　大変な事になりましたな、道活殿。
道活　おお、惜春殿。まったく。
惜春　大王も何故自ら……。しかし、このような時こそ、我ら豪族の長が一つとなってこの国をおさめていかなければ。
道活　おうおう、その通りだ。ま、よろしく頼むぞ、惜春殿。
惜春　こちらこそ。

と、喪服の美古都が侍女を連れて現れる。

浮名　お、来た来た。
空麿　相変わらず美しいな。あの若さで未亡人とはもったいないことだ。
浮名　いやいや、もったいなくはない。俺がこれからもう一花咲かせてみせるからな。
空麿　なるほど、どうも上機嫌だと思ったらそういう魂胆か。

浮名　うんうん。そういう魂胆なんだね。

いやらしい目つきで美古都を見る浮名。

歩く美古都の後ろ、侍女の一人がそっと声をかける。侍女に化けた刀衣だ。小声で話す二人。

刀衣　美古都様。

美古都　刀衣。なぜここに。

刀衣　急ぎお伝えしたい事がございまして。大王様は殺されました。犯人は蛮心教の一人、サジ。

美古都　(一瞬驚くが)……そうですか。

刀衣　今後のこと、くれぐれもご注意を。

美古都　ありがとう。でも、それで迷っていた心も決まりました。

大王の棺の前に来る美古都。正面を向く。

美古都　大連、稀道活様。

道活　おう。

美古都　亡き大王様より御遺言がございます。ここで読んでいただけますか。

道活　御遺言？

蔵人が文書を持ってくる。

蔵人　こちらです。

道活、その文書を読み顔色が変わる。

道活　なに！（美古都の顔と文書を交互に見る）
美古都　皆様にお聞かせ下さい。
道活　「余の王としての志を継ぐ者はこの世にただ一人なり。よって大王の最後の権限をもって臣下臣民に命ず。次の大王は……」

言いよどむ道活。

惜春　どうなされました、大連殿。
道活　「次の大王は、我が妻美古都なり」
空麿・浮名　ええっ!!
道活　認めん、認めんぞ、こんな遺言。女が大王など前例がない。
惜春　大王の御遺言に従わなかったという前例もございませんな。
道活　惜春、この大連に逆らうか。

惜春　ならば、ご一同のご意見も伺いましょうか。

と、居並ぶ豪族、一斉に美古都の方を向いて傅《かしず》く。その中には道活が味方にしていた豪族達もいる。

道活　あ、お前達。

その時、侍女が美古都の喪服を引き抜く。
その下から現れる鮮やかな王の衣装。

美古都　先の王のお言葉により、今日より私が新しき大王となります。よろしいですね。
惜春　道活殿。
道活　惜春、貴様、いつの間に根回しを。
惜春　政治とは人知れずして行うもの。大きな声が強いとは限らない。さあ、どうなさる、道活殿。
道活　……く。

美古都に傅く道活、浮名、空麿。
うなずく美古都。

時間と場所が飛ぶ。
そこに現れる飛頭蛮、サジ、ペナン。

飛頭蛮　美古都が大王になった⁉

ペナン　ああ。いま、都中にお布令が回ってるよ。

飛頭蛮　そこまで権力に目が眩んだか。……見たか、サジ。これこそがあの女の本性だ。俺を見捨て浮名すら歯牙にもかけずさっさと大王の元に嫁ぎ、夫が死んだとなると大王の座を手にする。欲しいのはしょせん富と権力か。あの女だけは違うと思っていたのに！　調部もさぞ無念だろうよ！

ペナン　土門……。

飛頭蛮　その名を呼ぶな！　金輪際呼ぶな！　俺は飛頭蛮だ。この身にわずかにでも昔を懐かしむ心が残っていたとしても、たった今、怒りの炎が燃やし尽くした。この真っ白な髪から爪の先まですべて復讐の鬼となる！

サジ　そう。気に入らないものは全て打ち壊す。仇も女もこの国も、全部復讐の炎で燃やし尽くす。その上で君が作り上げればいい。新しい国を。

飛頭蛮　俺が……。

サジ　ああ、そうだ。

美古都が虚空を見上げて誓う。

美古都　蛮神よ。我を守りたまえ。かつて散った二つの穢れなき魂よ。このひ弱な腕で国を支えていくための力を与えたまえ。

サジ　それこそが君の復讐。

飛頭蛮　ああ、そうだ。それが俺の復讐だ。

飛頭蛮と美古都、二人の視線は虚空で交わるのか。

そしてそれを興味深げに見ているサジ。

――暗転――

―第二幕― 猟奇の果て

【第五景】

王宮前。
蛮教教義問答に来ている飛頭蛮とペナン。
その前に現れる遊日蔵人と二人の衛兵。

飛頭蛮　あなたは確か……。
蔵人　武人頭、遊日蔵人。蛮心教教主殿に少しお伺いしたい事があって待っていた。
飛頭蛮　私に。
蔵人　連れの方は先に。
ペナン　教主様……。
飛頭蛮　かまわない、先に。
蔵人　奥に案内しろ。

二人の衛兵が、ペナンを奥に案内する。

蔵人　申し訳ないな。教義問答の前に。
飛頭蛮　いいえ、ご心配なく。この程度で気が散るような修行は修めておりません。
蔵人　すまぬな。……貴殿は、異国で貿易を営まれていたとか。さぞ多くの国を観てこられたのであろうな。
飛頭蛮　ええ。
蔵人　果拿の国にも行かれたか。
飛頭蛮　果拿の国？　行きましたが何か？
蔵人　いや、随分大きな国だと聞いているが。
飛頭蛮　ええ。大陸一です。貿易している人間ならばあそこに行かない者はいないでしょう。
蔵人　そうか。でだ、この国はどう見える。多くの国々を見てきたそなたから見て。
飛頭蛮　この国ですか。
蔵人　私には古い友がいた。果拿の国でその命、果てたと聞いている。だが、今でもよく思う。あの男が今のこの国を見たらどう感じるのか。そのご友人の代わりに私の意見が聞きたいと。
飛頭蛮　そのご友人の代わりに私の意見が聞きたいと。
蔵人　……そういうことになるかな。
飛頭蛮　この国は面白い国です。大王の后をいきなり次の大王にする。偽の教えを堂々と説く人物を学問頭に据える。何が本当で何が嘘か、よく考えないとこの国では生きていけない。いや、考えない方が生きていけるのかもしれませんな。では、私は。

行こうとする飛頭蛮をとめる蔵人。

蔵人　あ、もう一つだけ。
飛頭蛮　まだなにか……。
蔵人　貴殿の連れのサジという男、あれはどういう男かな。
飛頭蛮　サジが何か。
蔵人　大王が亡くなられた時、王宮の近くであの男を見たという者がいる。
飛頭蛮　だから何だと。
蔵人　あの男は、狼蘭族だ。大陸では有名な暗殺者の一族だとか。宮中に忍び入り、大王を手にかける事も狼蘭族ならばたやすい。
飛頭蛮　怪しまれているのか、サジの事を。では、証拠をお見せ願いたい。
蔵人　証拠はない。だから聞いている。
飛頭蛮　話になりませぬな。いったい私から何を聞きたい。私が私の友を売るとお思いか。それも証拠もなしに。武人頭ともあろうお方がそれではあまりにも考えがなさすぎる。
蔵人　では、貴殿はサジを信じると。
飛頭蛮　当然だ。
蔵人　なぜだ。相手は狼蘭族だ。いくら友人とはいえそんなに簡単に信じてよいのか。
飛頭蛮　ああ、そうだ。彼は私の親友だ。親友であること、それだけで充分。どこで生まれたかどこで育ったか、そんなことは関係ない。私は、私が信じるに足る者を信じる。

その言葉を受け止め、一瞬、間をおく蔵人。

蔵人　……そうか。
飛頭蛮　納得されたか。
蔵人　ああ。……私が聞きたかったのはその言葉かも知れない。昔、同じ言葉を聞いたことがある。

一瞬ハッとするが、それも面白いと逆に蔵人を見つめる飛頭蛮。

飛頭蛮　ならばどうされます。
蔵人　……。（逡巡する）
飛頭蛮　（微笑み）では。

歩き去る飛頭蛮。その背中を切なげに見送る蔵人。

蔵人　……そして、一番聞きたくなかった言葉でもある……か。

踵を返し歩き去る蔵人。

×　×　×　×

宮中。評議の間。
集まっている大臣達。
並んでいる稀道活、京兼惜春。
その中央の玉座についている美古都。
待っている音津空麿、稀浮名。

空麿　随分と待たせるな。怖じ気づいたか。
浮名　まあまあ、慣れぬ宮中だ、勝手もわかるまい。多少の不作法は目をつぶってやれ。
空麿　よいのかな、右大臣。
浮名　んん？

ここから空麿と浮名のひそひそ話。

空麿　金に目が眩んであの野蛮な男に丸め込まれたと聞いているが。
浮名　おいおい。それはただの噂だよ。
空麿　どちらにつくか考えておいた方がいい。こっちにも奥の手がある。
浮名　なんか目が怖いよ、空麿くん。
空麿　親父が権力者のお前と違い、俺は学問頭の座を失うわけにはいかんのだ。ところで、あれはなんだ。

空麿が示す先、どこをどう潜り込んだか庭先に「必勝！　旦那様」という旗を持った鹿女がいる。

鹿女　がんばれ、旦那様！

道活　どっから潜り込んだ、あの嫁御は。

浮名　……追い返してくれ。

衛兵達が、鹿女を引っ張っていこうとする。

鹿女　あ、よせ、はなせ、旦那様！　旦那様〜！

と抵抗しながら消えていく鹿女。入れ替わりに入ってくる飛頭蛮とペナン。

飛頭蛮　お待たせいたしました。

と、所定の座につく飛頭蛮とペナン。

道活　では、これより蛮教教義問答を行う。鳳来国学問頭、音律空麿。
空麿　は。
道活　蛮心教教主、飛頭蛮。
飛頭蛮　はい。
惜春　大王の前だからと遠慮はしなくていい。思う存分、己の信じる教義を語り合うがよい。
空麿　お言葉ですが、惜春様。失礼ながら、そこにいる蛮心教とやら、蛮教の名を騙るいかさま宗教。とても大王の前で語るに値するとは思えませんが。
惜春　ほほう、そのわけは？
空麿　蛮教の真理が書かれた最古の教典、一蛮法典。これこそが蛮教の大本をなすもの。この教典を持つ者が蛮教の正統後継者。この一点だけはどんなに時代が変わろうと蛮教の揺るぎない真実。ご存じかな、蛮心教教主。
飛頭蛮　いかにも。蛮教において絶対の法典がございます。その法典を持つ者こそ、蛮教の真実を知る者。
空麿　おう。飛頭蛮殿が認められたのであれば、もはや論を重ねる必要はない。先生、こちらに。

と、巻物を持って果拿国の学者が現れる。

浮名　先生。

学者がいることを知らなかった浮名、驚く。
飛頭蛮、内心では驚くが平静な振り。

空麿　こちらは、我々が果拿国で蛮教の教えを乞うた刀《とう》先生だ。そして、先生の許しを得て、一蛮法典はこの音津空麿がいただいた。

ペナン　！

ペナン、空麿をにらみつける。

浮名　しかし、なぜここに先生が。

空麿　果拿の国王が暗殺されてから、あの国は世情不安ときいていたからな。連絡を取りこの鳳来国に来ていただいたのだ。

学者　うんうん。黄金の船に乗ってな。

浮名　なるほど。これが切り札か。

空麿　俺も生き残るためには必死なんだよ。

美古都　法典を見せてもらえますか。

空麿　は。

美古都に法典を渡す空麿。

美古都　（中を見て）これは、果拿の文字ではありませんね。
空麿　ハマン語にございます。
美古都　ハマン語？
空麿　ハマン国とは大陸南方にあった小さな国。蛮教はそこで生まれました。ですので一蛮法典はハマン語で書かれております。
飛頭蛮　そのハマン国はどうなりました。
学者　ああ。果拿の国との戦争がきっかけとなり、国は二つに割れ王家の血は途絶えたとか。
空麿　果拿国一の学者に教えを乞い、法典も持つ私と、どこの馬の骨ともわからぬ山師が、これ以上問答をする意味はないでしょう。
飛頭蛮　その法典、見せていただけますでしょうか。
道活　（空麿に）どうだ。
空麿　かまいません。もっとも、見たところでそ奴らに一言一句わかるわけはないでしょうが。
道活　（飛頭蛮に渡しながら）気をつけて扱えよ。傷をつけたらお前の首が飛ぶぞ。
飛頭蛮　はい。

と、中味を見る。ペナンにも見せる。ペナン、うなずく。

飛頭蛮　エカアンタラアートマン、アスアマラ。

ペナン　エカアンタラアートマン、アスアマラ。ソーゲン、コツモワカ、ラントダキネ。コーギャンコーギャン、コツアーカイネ。
空麿　……なんだと。
惜春　（飛頭蛮に）それはハマン語かね。

うなずく飛頭蛮。

空麿　まさか……。貴様ら如きに。
飛頭蛮　読めて当然だ。ペナンこそはハマン王朝の末裔。蛮教の教えを知る大賢者の最後の一人だ。
空麿　なに。
学者　（ハマン語で聞く）ンナゴ、ツーカ、ネクサ。
ペナン　ンナゴ、クサ。
学者　ゲンターチャ。
ペナン　チーヨローガ。チャリィ。

と、首飾りを見せる。

学者　これは確かに、知恵の宝玉……。

美古都　それはなんです。
学者　ハマン王朝の血統であることを表す王家の首飾りです。
美古都　では、本当に……。
空麿　いやいやいやいや。鵜呑みにしてはいけませんぞ、大王。
ペナン　ガタッガ、ヨッタラ、キャーグッド、サーン。
学者　ナゴッカ。
ペナン　ナゴッカ、ナゴッカ。
学者　ぬぬぬぬ。
空麿　先生もしっかり。まさか、こんないかさま師に丸め込まれたわけではないでしょうな。
学者　いや、しかし……。
飛頭蛮　どうだ、ペナン。
ペナン　確かにこれこそ奪われた一蛮法典の一部。
学者　一部だと、ばかな。
ペナン　大賢者の目、というものを聞いた事がありませんか？
学者　おぬし、それを知っているのか。
ペナン　耳にした事はあるようですね。法典はそれだけでは真理にはたどり着けません。

と、懐から穴の空いた板を取り出す。

ペナン　この板には穴が空いている。これを法典にあてると、一部の文字だけが見えるようになる。見えた文字だけを読んだとき、初めて蛮教の真の教えを知る事になる。
学者　では、それが。
ペナン　そう。この板こそが大賢者の目。これを使わなければ、本当の蛮教は理解した事にはならない。
学者　大賢者の目など、伝説だと思っていたが……。では、蛮教の真理とは。

ペナン、「それはこの方が」と飛頭蛮を見る。
飛頭蛮うなずく。

飛頭蛮　一心蛮在。一つの心に常に神在り。
学者　恐れ入りました。

土下座する学者。

空磨　先生！
学者　空磨。わしらが学んでいた蛮教は大きな間違いだ。果拿の国も鳳来国も、まだ本当の蛮神の教えを知らなかった。
空磨　そんな！

ペナン　あなたがた果拿国は、私達ハマン王朝の対抗勢力を焚きつけ、内戦を起こさせた。果拿国の傀儡政権を建てようとした。私は捕らえられ一蛮法典を奪われ監獄島に幽閉された。だけど、この大賢者の目だけは守り通したのです。

惜春　どうやら教義問答の結果は出たようですな。

まずいという顔の浮名。キレる道活。

道活　空磨、バカか、貴様は！　何が切り札だ。とんだ紙くずじゃねえか。その老いぼれ連れてくるのにどれだけの金がかかったと思ってるんだ。

浮名　父上、まずい。まずいってば。（と必死でとめる）

道活　いいか、こんな結果俺は認めんぞ。海の向こうの真理なぞ知った事か。この国にはこの国に合った宗教があるんだよ。俺たちが作った蛮教がな。

惜春　道活殿、落ち着かれよ。大王の御前であるぞ。

浮名　父上。

道活　く。

惜春　教義問答の結果は結果だ。音津空磨は学問頭の任を解く。新たに飛頭蛮を新しい学問頭に迎えるという事でよろしいかな。

飛頭蛮　は、有難きお言葉……。

が、それを止める美古都。

美古都　いいえ、それはなりません。

驚く一同。

美古都　大連の言うとおりです。この国にはこの国の宗教がある。空磨が伝えた蛮教こそこの鳳来国を支えている。今、その教えを変えるのはいらぬ混乱を招くことになる。
惜春　大王。（と、諫める）
飛頭蛮　大王様。確かあなたは十日前に、先の大王の問いに答えて、我らの教えのほうが、今の蛮教よりも遙かに民が救えると言われました。
美古都　ええ、覚えています。
飛頭蛮　あの時のお言葉は何だったのでしょう。それとも王の座についた途端、真実を見る目も濁ってしまわれたのでしょうか。
美古都　いいえ、あの時の私こそ、何も見えない女でした。ただ大王に寄り添えばいいと思っていた世間知らずでした。
惜春　大王。（先程よりも強く諫める）
美古都　何故止める、左大臣。
惜春　王には理《ことわり》が必要。教義問答の結果を覆すにはそれなりの理由がいる。今のあなたのお言葉

美古都　では、民も臣下も納得しない。
道活　そうですか。ならば言いましょう。先の大王は　蛮心教の手の者に殺されたと聞いています。そんな輩をこの宮中に入れる事は出来ない。
浮名　なんだと。
空麿　こやつらが先の大王を。
惜春　なんと恐ろしい。
美古都　大王。今のあなたは一国の王だ。軽はずみな言葉は己に返ってきますぞ。
道活　よくわかっています。今はまだ噂です。だから罰は与えない。ですが、怪しい噂が立つだけでもこの宮中で政《まつりごと》に携わるのに相応しいとは言えない。
いやあ、さすがは新しい大王だ。国の政をよくわかっていらっしゃる。衛兵、衛兵！

衛兵達が飛頭蛮とペナンを取り囲む。

道活　そいつらをたたき出せ！

と、サジが現れる。
衛兵達を当て身で倒し、飛頭蛮とペナンを護る。

サジ　随分と物騒な女王様だね。

飛頭蛮　あまり乱暴はしないでくれ。暴力に訴えるのは、愚か者の所業だ。
サジ　だけど、君の命は護らなきゃならない。
飛頭蛮　（美古都に）怪しきを排し、罪あるを看過なさるか。
美古都　え。
飛頭蛮　あなたは私の何を恐れているのです。
美古都　（動揺する）蛮心教は都より追放する。この都には今後足を踏み入れる事まかりならない。
惜春　……お待ち下さい、大王。
美古都　止めても無駄です。
惜春　あなたは先の大王暗殺の噂だけで、蛮心教をこの都から追放なさるのですね。
美古都　ええ。この都にはふさわしくない。
惜春　ならば、彼らよりも先に罪を問われる者がいる。衛兵、謀反人を捕らえなさい。
美古都　謀反人？

その言葉で、道活、浮名、空麿に向かう衛兵達。三人、押さえつけられる。

道活　貴様ら、何をする。
惜春　稀道活。先の大王を追い落とし、自ら王座につかんとした己の陰謀、知らぬとでも思ったか。
道活　なに。

惜春　稀浮名、音津空麿。おぬし達も同罪だ。
美古都　父上、これは。
惜春　大王、ここは宮中。父ではない、私は左大臣です。
美古都　この三人が謀反を企てていたというのですか。
道活　馬鹿馬鹿しい。何を証拠に。
惜春　証拠はない。
道活　ほうら見ろ。
惜春　だが、証人がいる。
道活　なに。

衛兵が無骨に縄をかけ連れてくる。

無骨　あ、お屋形様。
道活　(わざと知らん顔)
惜春　この男は、道活殿の家臣。この文を持って旅に出ようとしていた。

文を美古都に見せる惜春。

美古都　これは……。

惜春　道活が、河内の大豪族、占部《うらべ》氏に宛てた手紙。先の大王を追い落とし自分が大王になれば、領土を倍に増やすと約束した文だ。他の豪族達にもこれだけの文を送っている。

部下が手紙の山を持ってきている。

美古都　まことですが。道活。
道活　……ああ、その通りだよ。うらなり野郎や女に大王まかせておいたって、ろくな国になるわけがないからな。代わりに俺がやってやろうと思ったんだよ。
美古都　……はやまったことを。
惜春　連れて行きなさい。

衛兵に引っ立てられる道活、浮名、空麿。

美古都　彼らはどうなるのです。
惜春　謀反を企てる者は首をはねる。大昔からそう定まっています。
浮名・空麿　ええ～。

それを聞いて「なに」という表情の飛頭蛮。
と、そこに鹿女が血相変えて入って来る。

鹿女　ふざけるな、われー！

止めようとする衛兵を押しのける鹿女。

鹿女　旦那様を打ち首にはさせんぞ！　殺すならこのわしを殺してからにせい!!

衛兵の刀を奪いそれを構える鹿女。

浮名　ばか、やめろ、鹿女。
道活　早まるな、馬鹿。
鹿女　でも、このままじゃ旦那様が。さ、逃げますよ。

鹿女とともに逃げようとする道活、浮名、空麿。

飛頭蛮　（サジに囁く）手を出すなよ。
サジ　？
飛頭蛮　むしろ逃げてもらった方がいい。
サジ　なるほど。

ジリジリと入り口まで行く鹿女達四人。

美古都　愚かな事はおやめなさい。死にたいの。

鹿女　旦那様がいないこの世に未練はない。

惜春、やむなしという表情。

惜春　御無礼を。

美古都に一礼すると、衛兵の刀をとり、鹿女の方にスルスルと近づく。その動きに隙なし。
鹿女に反撃する暇も与えず一刀のもとに切り伏せる。

鹿女　ぐわ！

浮名　鹿女！　おのれ！

と、鹿女が持っていた刀を摑み惜春に向かおうとするが、惜春の気に圧される。

道活　やめろ、浮名。

と、まわりを取り囲む衛兵。

道活　慌てるな、今更ジタバタしやしねえ。

と、衛兵を睨み付ける。再び取り押さえられる道活、浮名、空麿。

道活　やられたよ、惜春。これでお前の天下だ。前の大王がもう少し長生きしてりゃあ全部ひっくり返せたんだがな。自分の娘を大王にするとは、俺も思いつかなかったよ。いい気分だろう。

衛兵　早く行け！

道活　（せかす衛兵に抵抗しながら美古都に）美古都。しょせんお前はただの飾りだ。お前の親父とそこの山師に食い物にされないようにせいぜい気をつけな。

その言葉に胸を突かれる美古都。

連れて行かれる道活、浮名、空麿。鹿女の遺骸も片付けられていく。

美古都　なぜ斬ったのです。

惜春　確かに彼女を殺したのは私だ。だがその原因を作ったのはあなたご自身だ。

美古都　私が……。

惜春　本当は、この教義問答が終わった後、道活殿にはそっと事実を告げて引退をうながすつもりだったのだ。だが、暗殺の噂があるというだけで大王が彼らを都から追放するのなら、王を排斥しようと謀反を企んでいた男を見過ごすわけにはいかない。その結果、無駄な血まで流れてしまった。

美古都　……そんな。

惜春　言っただろう。あなたは一国の王。軽はずみな言葉は己に返ってくると。

美古都　……。

惜春　蛮心教教主への対応は私にまかせてもらえるね。

美古都　はい……。

惜春　お騒がせしてすまなかった。改めてお願いしたい。処罰された音津空麿にかわり学問頭になっていただきたいのだが。

その言葉にサジ、ペナン共に満足げな表情。

飛頭蛮　せっかくですが、お断りいたします。

ペナンも驚く。

ペナン　え。
惜春　さきほどの非礼ならば、大王に代わり私がわびる。
飛頭蛮　お言葉は光栄ですが、大王の選ばれる道は私とは違うようです。

美古都を見つめる飛頭蛮。彼を見つめる美古都。

飛頭蛮　失礼します。
ペナン　教主様！

踵を返し立ち去る飛頭蛮。後を追うペナン。
惜春を見つめるサジ。

サジ　……なるほど。こういうやり方もあるか。

サジ、立ち去る。惜春や臣下達も立ち去る。
一人残る美古都。
現れる蔵人と刀衣。

美古都　……あの人です。

蔵人　え。
美古都　……彼は、あの人です。
刀衣　あの人……。
蔵人　……伊達土門。
美古都　その名前を何度も口に出しそうになった。でも言えなかった。怖くて認められなかった。どうして？　どうして、あんな恐ろしい人になってしまったの。
刀衣　美古都様……。
美古都　怖かった、彼が。あの人を宮中に入れてはいけない。そう思った。だから私は。でも、それが死ななくていい人を殺してしまった。……私は、私はいったい何を……。

刀衣、黙って立ち去ろうとする。

美古都　待って。殺してはならない。
刀衣　なぜ。
美古都　なぜでも。
刀衣　まだ愛してる？
美古都　……それは違う。
刀衣　だったらなぜ。飛頭蛮は危険な男だ。そばにいる男はもっと危険だ。奴が大王を殺した。証拠はない。だが間違いない。

蔵人　やめろ、刀衣。
刀衣　でも。
蔵人　いいから黙れ。お前にはわからんことだ。ああ、わかるわけがない。あの男のことは俺と
美古都様で決める。
刀衣　そんな。
蔵人　お前は、美古都様を護れ。それだけだ。

不服そうな刀衣。
そこに現れる七芽。

七芽　美古都様。
美古都　どうしました。
七芽　惜春様がこれを。

美古都に短刀を差し出す。

美古都　これは、家宝の懐剣……。
七芽　お父様からのお言付けです。先程は言い過ぎた。これで王としての矜持を護れと。
美古都　お父様が……。（刀を受け取り抱きしめる）

四人を闇が包む。

×　×　×　×

蛮心殿への道を歩く飛頭蛮、ペナン、サジ。

ペナン　土門、待ってよ。土門。
飛頭蛮　その名前で呼ぶな。
ペナン　なんで断ったのよ、学問頭の話。あの慇懃《いんぎん》無礼眼鏡野郎を追い落として後釜に座るって計画だったじゃないの。それで宮中で力をつけて、道活達を追い落とすって。奴ら自滅したからもういいの？
飛頭蛮　冗談じゃない。他の奴らにやらせてたまるか。
ペナン　え。
飛頭蛮　浮名達に法の裁きなど受けさせてたまるか。あいつらを地獄に落とすのは俺だ。
ペナン　だとしても、学問頭は受けてもよかったんじゃない。この国にちゃんとした蛮教を広めるためにも。
飛頭蛮　少し黙っていてくれ、ペナン。
サジ　そばにいると守りたくなると思ったんだね。
飛頭蛮　……。
ペナン　なに、それ。

サジ　彼女だよ。大王とは名ばかり。あのままだと誰かの道具で終わりかねない。それを見過ごせる自信がなかったんじゃない。

飛頭蛮　それは……。

サジ　今、仏心がでたら君の復讐の成就はならない。自分でもそれはわかっているから、とりあえず彼女のそばから離れる。そういうことかな。

飛頭蛮　人の心を見てきたみたいに言うな。

サジ　いや、むしろ見るべきだ。敵はそういう男だよ。

飛頭蛮　敵？

サジ　あの左大臣は怖い男だね。結果的にすべては彼の思い通りに転がった。

飛頭蛮　左大臣？　惜春か。

ペナン　なんか穏やかな顔したおっさんだったけど。

サジ　あの笑顔に騙されちゃいけない。

ペナン　……その台詞、あんたが言いますか。

サジ　殺すよ。

ペナン　それは勘弁。

飛頭蛮　……サジ、お前が大王を殺したのか。

サジ　もう、ばれた。さすがに耳が早いね。

飛頭蛮　何のつもりだ。

サジ　前に言ったよね。僕は人を殺す事で君の道を作る。大王が死ねば宮中は混乱する。あの女が大王になったのは意外だったが、結果的に復讐の標的は一つに絞られた。

飛頭蛮　美古都か……。

サジ　そういうことだ。

飛頭蛮　……いや、とにかく今は浮名や空磨だ。

立ち去る飛頭蛮。後に続くペナン。

サジ　……やれやれ、もう一押しか。

闇に消えるサジ。

——暗転——

【第六景】

都。通り。夜。
縄を受け処刑場まで連れて行かれる道活、浮名、空麿。回りを囲む衛兵達。
そこに覆面姿の野盗達が四人現れる。
虚を突かれた衛兵達を斬り殺す野盗の頭。

道活　おお、待っていたぞ、お前達。
浮名　え。

三人の縄を解く野盗。
こちらに来いと示す野盗の頭。

道活　よし、後に続け。

あっけにとられる浮名、空麿とともに駆け去る一同。

× × × ×

都から少し離れた山中。
駆け込んでくる道活、浮名、空麿。そして野盗達四人。

道活　よおし、ここまでくれば安心だ。
浮名　親父、こいつらは。
道活　そうそう惜春の思い通りに行ってたまるかよ。こんなこともあろうかと、途中で助け出すように兵を忍ばせておいたのだ。
空麿　おお、さすがは道活様。
道活　いったん西に落ちて、体勢立て直すぞ。（野盗達に）お前ら、ご苦労だった。

と、いきなり道活を殴り飛ばす野盗の頭。
三人の野盗は道活達に剣を向ける。

道活　な、何をする。

野盗の頭、覆面をとる。その顔は飛頭蛮。

道活　飛頭蛮……。

残りの三人も覆面をとる。ペナンにガランにロクロクだ。

空麿　お、お前達は。
浮名　さすがは飛頭蛮殿。よくぞ我らを助けて下さった。この礼は必ずする。
飛頭蛮　助けたつもりはない。他の人間に殺されるのは我慢が出来なかっただけだ。
浮名　……それはどういう意味……。
飛頭蛮　まだ、わからないのか。忘れたか、貴様らが十一年前に行った卑劣な裏切りを。忘れたか、無実の罪で監獄島に幽閉された男の顔を！

髪をかき上げその顔をしっかり見せる飛頭蛮。思い出す浮名と空麿。

浮名　あ、お、お前は。
空麿　ど、土門か！
道活　なに。
飛頭蛮　ああ、そうだ。俺の名は伊達土門。貴様らの罠にはまり、果拿の国の監獄島に押し込められた愚か者だ。友を失い許婚を失い未来を失った男が、地獄の底から帰ってきたのだ。貴様らに復讐するためにな！

土下座する空麿。

空麿　わ、悪かった、許してくれ。俺じゃない、全部、浮名が考えた事だ。浮名が、調部を殺した罪は全部お前に押しつけろと。

浮名　おい。

空麿　調部の手紙は俺が書いた。お前と調部が不仲だったとでっちあげるために。でも内容を考えたのはこいつだ。

浮名　おい、空麿。

飛頭蛮　黙れ……。

空麿　俺はやめろと言ったんだ。でも、逆らえなかった。すまん、悪かった。

飛頭蛮　黙れ……。

空麿　これからは何でも言う事を聞く。だから許してくれ。俺だけは許してくれ。

飛頭蛮　黙れと言っている！

その剣幕に黙る空麿。

飛頭蛮　……調部を殺したのもお前達か。

空麿　ち、違う。それは違う。

浮名　それは本当だ。俺たちに人を殺すほどの度胸はないよ。一応、一緒に海を渡った仲間だったしな。

飛頭蛮　仲間だと。お前の口から仲間などとはいわさん。

浮名　だったらそれでもいいけどな。でも、俺たちはやっちゃいねえ。但し、奴が死ぬかもしれないことは知っていた。親父からの手紙でな。そして、もしその時は土門に罪をかぶせろという指示も受けていた。

道活　おい、ちょっと待て。俺はそんな手紙書いてないぞ。

浮名　え。

道活　なんで俺が惜春のガキや土門のような衛兵上がりのことを、わざわざ手紙に書かなきゃならないんだよ。

浮名　じゃあ、あの手紙は誰が書いたってんだよ。

飛頭蛮　もういい。罪のなすりあいなど聞きたくもない。

浮名と空磨に剣を投げる飛頭蛮。

飛頭蛮　剣を取れ。

浮名・空磨　？

飛頭蛮　最後の機会を与えてやる。俺と立ち会え。勝ったらお前達は自由だ。

それでも戸惑っている二人。

飛頭蛮　それとも黙って斬られるか。

道活も手を出したいが、ガランに剣を突きつけられて動けないので仕方なく叫ぶ。

道活　何してんだ。さっさとやれ。せっかくの機会を無駄にするつもりか。
浮名　わかった。（と。剣をとる）

空磨、仕方なくおずおずと剣をとる。

ロクロク　飛頭蛮様……。
ペナン　大丈夫。彼が負けるわけがない。
浮名　うおおおお！

打ちかかる浮名。だが飛頭蛮の相手にはならない。たちまち剣を打ち落とされる。

飛頭蛮　どうした。そんなものか。そんなもので俺の十一年間の恨みが晴らされると思ったか。しっかりかかってこい！

その怒り、天を突く勢い。すっかり脅える空麿。

飛頭蛮　かかってこなければこちらから行くぞ！
浮名　この野郎!!（と、剣を摑み立ち上がる）
空麿　うわあああああ！

空麿、浮名を背後から刺す。

浮名　……ばか、相手が違う……。

空麿、奇声をあげて浮名を斬り刻む。
浮名、倒れる。

道活　浮名！
空麿　見てくれ土門、お前の憎い仇は俺が殺した。これからは俺はあんたの味方だ。一生ついていく。だから助けてくれ。頼む。（と、土下座する）
道活　このゲス野郎が!!

と、怒りにまかせガランの止めるのを無視して、浮名の剣を拾い、空麿を斬る。

道活　怖いんならてめえが死ねばいいんだ。なんで浮名を殺す。順番が違うんだよ、馬鹿野郎！

空磨絶命。飛頭蛮を睨む道活。

道活　どうだ、土門。浮名も死んだ、空磨も死んだ。満足したか。てめえがどんな苦しみを受けたか知ったこっちゃねえが、それでもてめえは生きている。さぞや満足だろうよ。
飛頭蛮　道活……。
道活　俺も斬るか。いいよ、斬れ。でもな、俺がお前に何をした。そこの浮名の親父だと言うだけで俺を斬るか。それがお前の復讐か。だったら殺せ。
飛頭蛮　……行け。
ロクロク　え。
ガラン　いいんですか。
飛頭蛮　消えろ、俺の前から。どこかで勝手にのたれ死ね。
道活　ふん。だったら、そうさせてもらう。でもな、ただですむと思うな。俺も仕返しするぞ。俺の命がある限り、必ず貴様に煮え湯を飲ませてやる。それがいやならここで殺せ。
飛頭蛮　……。
道活　できねえか。ならいい。覚えとけ、土門。

道活、鼻で笑って立ち去ろうとする。
と、その彼にぶつかってくる男。物欲だ。

道活　……物欲、てめえがなんで……。
その道活の腹から血がにじむ。物欲の手に刀。

物欲　お前だ、お前が息子を狂わせたんだ。欲と出世に狂わせた。全部、全部、お前のせいだ。
と、言いながら道活をメッタ斬り。

道活　……このくそじじいが……。
と、物欲を刀で斬ろうとするが力尽き倒れる。道活も絶命。
物欲、よろよろと立ち上がると、空麿の遺骸の方に行く。

物欲　空麿〜、空麿〜。（と、泣く）
呆然としている飛頭蛮一同。

飛頭蛮　……稀浮名、音津空麿、殺しても飽き足りないと思っていた。

その口調、決して明るくはない。

飛頭蛮　十一年だぞ、十一年間憎み続けてきた相手だ、それをやっと葬った。復讐を果したのだ。でも、でもなんでこんなに後味が悪い。

ロクロク　土門さん……。

ペナン　もういいじゃない。とにかく終わったのよ。最初の予定通り、海に出ましょう。この国を捨て海の向こうで本当に貿易するの。ね、土門。

ガラン　そうですよ。あなたのように知恵もあって度胸もあれば必ずうまく行きますよ。

ロクロク　ああ、いいなあ。でっかい船で七つの海を股にかけて。

飛頭蛮　いや、まだだ。まだ、俺は調部の仇をとってはいない。俺の親友が誰の手によって殺されたか、それをつきとめるまでは俺の復讐は終わらない。……まて、（泣いてうずくまっている物欲を見て）この男はなぜこの場所を知っていた。

ペナン　え。

飛頭蛮　この山中に奴らを連れ込む事は俺たち以外知らないはずだ。

ロクロク　そういえば。

ガラン　おい、じじい。お前、誰にこの場所を聞いた。

物欲　え……。

と、駆け込んできた丹色が物欲を斬る。
丹色、衛兵と同じ甲冑姿。

ガラン　うわ！

と、周りから大勢の衛兵が現れる。

ペナン　ねえ、サジは？　サジはどこ？　確かここで待ってるって言ってなかったっけ。
飛頭蛮　わからん。奴に限ってこんな奴らにやられるとは思えないが……。

飛頭蛮達を取り囲む衛兵達。

丹色　聞けい。飛頭蛮とその一党、都の衛兵を襲い稀道活殿達を奪いその手で惨殺した行い、反逆罪に値する。
飛頭蛮　待て、悪いのは俺だ。これは俺一人の責任だ。
丹色　（兵達に）よいか。大王からのお許しが出ている。全員斬り殺してしまえ！
飛頭蛮　なに!?

と、襲いかかる衛兵。相手する飛頭蛮。

飛頭蛮　逃げろ、お前達！

逃げようとするガランとロクロク、衛兵に斬り殺される。

ペナン　ガラン！　ロクロク！

ペナン、丹色に斬られる。

ペナン　土門！

倒れるペナン。

飛頭蛮　ペナン!!　貴様らあ!!

怒った飛頭蛮、衛兵達を皆殺し。
丹色だけ残る。

彼女に剣を突きつける飛頭蛮。

飛頭蛮　言え。本当に美古都が俺たちを殺せと命じたのか！

丹色　大王のご命令だ。あの方の他に誰がいる。蛮心教を根絶やしにする。それがあの方の御心だ。

飛頭蛮　おのれええっ!!　美古都、そこまで!!

怒りにまかせ丹色を斬り殺す飛頭蛮。
倒れているペナンを抱き起こす。

飛頭蛮　ペナン、しっかりしろ。ペナン。

ペナン　……土門。海に出よう……。こんな国も恨みも捨てて、海に出よう。

飛頭蛮　ああ、そうだな。船を出そう。みんな捨てて、お前と海へ。

ペナン　……今すぐ？

飛頭蛮　ああ、今すぐにだ。

ペナン、飛頭蛮を見つめる。

ペナン　……うそつき。

力尽きるペナン。

飛頭蛮　ペナン、しっかりしろ、ペナン!!

息絶えたペナンを抱いて泣く飛頭蛮。
彼女を横たえると、ゆっくり立ち上がる。

飛頭蛮　許さん、許さんぞ、美古都。許さんぞ、鳳来国。

闇に駆け去る飛頭蛮。

――暗転――

【第七景】

宮中。夜。

惜春の執務室。まだ残って書き物をしている惜春。

惜春　誰かね。

闇の中に浮かび上がるサジ。

惜春　サジ殿か。

サジ　はい。

惜春　困ってしまうな。この宮中にそんなにすんなり入ってこられては。見張りの兵はどうしたね。

サジ　殺してはいませんよ。

惜春　君に気づくほど鋭い者がいなかったのが彼らの幸運というわけか。

サジ　かもしれませんね。いかがでしたか、彼らの動きは。

惜春　君が教えてくれたとおり、道活達を拉致していったよ。もう衛兵達も追いついている頃だろう。しかし、不思議だな。なぜ蛮心教の一党である君が、そんなことを私に教えてくれた。
サジ　あなたが面白かったから。
惜春　面白い？　私が？　そんな事を言われたのは初めてだ。
サジ　そうですか？　かなり面白いけどな。人を殺すのにあんなに回りくどい方法をとる人間がいるとは思わなかった。
惜春　道活達のことかね？
サジ　いいえ、あなたの娘のことです。
惜春　美古都の？
サジ　教義問答での逮捕劇、あなたが描いた絵の通りでしたね。ああいう風になったら、もう娘さんも自分の意見を出すのは怖くなる。これからはあなたの思いのままだ。理想は高いがあなたの傀儡になった娘さんは、自分を責めやがて自分で自分を殺す。
惜春　……さすがは狼蘭族。そういう洞察力は見事なものだ。
サジ　でも、だったらもっと面白いやり方がある。
惜春　面白い？　……そうか。君は彼に娘を殺させようとしているのか。飛頭蛮、いや伊達土門に。
サジ　お気づきでしたか、彼の正体に。
惜春　ああ、娘の様子を見ていればね。それが狙いで彼らの所業を教えたんだな。

サジ　はい。
惜春　ううむ。まんまと乗せられたな。
サジ　ひとつ聞きたい。実の子供を犠牲にしてまでこの国が欲しいのですか。娘さんだけではない。あなたは息子さんも殺した。
惜春　息子？　調部の事か。
サジ　十一年前、あなたは果拿の国の国王に自分の息子の暗殺を依頼しましたね。果拿の王は、それを狼蘭族に頼んだ。
惜春　あ。調部を殺したのは君か。
サジ　はい。
惜春　そうだったのか。……あれが戻ってくると、反乱が起きた。せっかくまとまりかけたこの国がバラバラになる。それは避けなければならなかった。
サジ　おまけに娘の許婚にその罪をかぶせれば、彼も抹殺できる。娘を大王の元に嫁がせようと考えていたあなたには一石二鳥だった。
惜春　よく調べているね。
サジ　少し考えれば分かります。
惜春　道活名義の偽の手紙を書き、奴のバカ息子に出した。まあ、そこまでしなくてもあいつらなら勝手にやったかもしれないが、念のためにね。
サジ　謀《はかりごと》が好きなんですね。
惜春　ああ。いいぞう、謀《はかりごと》は。頭の悪い奴らはすぐに力に訴えるが、戦《いくさ》になれば無駄な血を流し無駄な金を使うだけだ。だが、謀なら最小限の犠牲でおさまる。

と、覆面の兵士達が現れてサジを取り囲む。

惜春　刀衣の技を伝授させた。狼蘭の技を知る特別兵だ。君のように物騒なお客さんもくるからね。用心には越した事はない。

サジ　（兵士の様子を見て）……なるほど。それなりに腕は立つようだ。

惜春　さて、今度は君の番だ。この国で何をしようと考えていた。士門に何をさせようとしていたのかな。

サジ　彼にはこの国の王になってもらうつもりでした。鳳来国を率いて果拿の国に戦を仕掛けるためにね。

惜春　なんだと。

サジ　狼蘭の族長は僕を騙した。僕の力を恐れて、果拿の国の王と組んで僕を殺そうとした。鳳来国の留学生殺しをだしにして果拿の国に呼び寄せて、そこで罠にかけようとしたんだ。だから、僕は狼蘭と果拿、そして鳳来の国に復讐を誓った。

惜春　それで狼蘭の族長と果拿の国王を殺したのか、無駄な事を。王を殺しても国は滅びない。次の王が出て来るだけだ。

サジ　その通り。監獄島で悟りましたよ。国を滅ぼすには国同士の戦しかない。だから果拿と鳳来、二つの国に戦を起こさせる。そして、どちらの国も滅ぼす。

惜春　なんと幼い……。そんなことがうまくいくと思っているのか。

サジ　ええ。

惜春　この惜春を甘く見ない方がいいぞ。

サジ　でも、あなたはもう死にますから。

惜春　戯言を。身じろぎ一つすれば、お前の首は落ちる。

サジ　それはあなたの方だ。そろそろ、胸に痛みを感じませんか。

惜春　胸？

サジ　小さな小さな針ですけどね、この部屋に入ってきた時にあなたの胸に打ち込んでおいた。最初は痛みも感じないが、喋ったり身体を動かすと針は胸の奥へと潜っていく。

惜春　なんだと……。（胸をおさえる）

サジ　痛みを感じるようになったらもう遅い。心の蔵に突き刺さり息の根が止まる。

惜春　待て、話し合おう……。私はまだこんなところでは……。

サジ　無駄だよ。もう僕にも止められない。

覆面兵1　おのれ！

襲いかかる兵士達。自分の得物を出し、彼らを軽く捌くサジ。

サジ　やめた方がいい。僕たちが戦う振動も、君たちの主人の寿命を縮めるよ。

動きが止まる兵士達。
サジ、その隙に覆面兵達を殺す。

サジ　ま、君たちの方が先に死ぬんだけどね。
惜春　お、おのれ……。
サジ　僕は彼をこの国の王にする。僕を友人と呼ぶ男をね。お前はもういらない。

惜春の胸をドンと突くサジ。
惜春、即死する。
その時、外で騒ぎが起きる。
炎が舞う。「火事だー」という声。

サジ　どうやら彼が来たようだ。

立ち去るサジ。

×　　×　　×　　×

大王の寝室。
飛び込んでくる七芽。美古都は既に火事に気づいている。

七芽　美古都様、火事です。

美古都　わかっています。火元はどこですか。

七芽　西の離宮です。風にあおられて宮中に火が回っています。

美古都　とにかくみんなを逃がさないと。

七芽　わかりました。衛兵に伝えます。

立ち去る七芽。美古都も行こうとするが、彼女の前に立つ人影。

飛頭蛮だ。

美古都　……あなたは。

飛頭蛮　その首、もらいに来たぞ。大王。

美古都　私の？

飛頭蛮　憎いのならば俺だけを狙えばいい。だがお前は俺の仲間を殺した。その報いは受けなければならない。

美古都　……私があなたの仲間を。そんな命令は出していません。

飛頭蛮　この期に及んでごまかすつもりか。お前の部下が確かにそう言った。確かに俺たちは浮名達をさらった。だが、いきなり皆殺しにすることはない。

剣を構える飛頭蛮。

と、駆けつける刀衣。

刀衣　さがってください、大王。

が、そこに蔵人も現れる。

蔵人　待て、刀衣。その男の相手は俺がする。

飛頭蛮　蔵人……。

蔵人　この宮中に火をかけて、大王の命を狙う。そんな大罪人を倒すのは、この武人頭の仕事だ。たとえそれが昔の友だろうとな。

飛頭蛮　何の話だ。俺に昔はない。

蔵人　……その言葉で心は決まった。来い。

と、襲いかかる飛頭蛮。
蔵人、受けるが、押される。

蔵人　ぬうう。

飛頭蛮　どうした、それがこの国の武人頭の実力か。この期に及んで「心が決まった」などという。その程度の覚悟で、王が守れるというのか。弱いな、弱すぎる。

蔵人　言わせておけば！

と、押し返す蔵人。

蔵人　貴様のような男に、大王を指一本触れさせはせん！

と、打ちかかる蔵人。その彼を弾き飛ばす飛頭蛮。転がる蔵人。
とどめを刺そうとする飛頭蛮。割って入ってその剣を受ける刀衣。

蔵人　手を出すなと言っただろう。
刀衣　それではあなたが死んでいる。
蔵人　俺はその男と決着をつけなければいかんのだ。
飛頭蛮　まったく見下げ果てた男だな。
蔵人　なんだと。
飛頭蛮　お前は武人頭。大王と国を守るためには手段を選ばないのがお前の立場ではないのか。それを、己の実力も読めずに面子にこだわる。それでは武人頭失格だ。
蔵人　おのれ！

起き上がり襲いかかる蔵人。

同時に刀衣も飛頭蛮を襲う。
二人を相手にして飛頭蛮、優位。
二人、いったん離れる。

刀衣　……強い。

飛頭蛮　狼蘭族の男に鍛えられたからな。さあ、先に斬られたいのはどっちだ。

と、その時、美古都が止める。

美古都　待って、土門！

その言葉に動きを止める飛頭蛮。

美古都　お前達も、待ちなさい！

蔵人と刀衣も止める。

美古都　いったい何があったのです。土門、あなたは昔の自分を捨て鬼となってこの国に帰ってきた。一心蛮在、祈れば人は救える、あの言葉は嘘なのですか。

飛頭蛮　あんなもの、ただの方便だ。俺の目的はただ一つ。復讐だ。俺と調部の。
美古都　お兄様の？
飛頭蛮　調部が殺された罪で俺は投獄された。浮名と空麿、二人の罠にはまってな。俺は誓った、裏切り者は許さない。この国に戻り、怒りはもっと増した。この国の政《まつりごと》は腐っている。
蔵人　……それは。
飛頭蛮　お前達はこの国も殺した。調部が作ろうとした国をぐちゃぐちゃにした奴らは絶対に許さない。
美古都　わかりました。だったら私を殺しなさい。
刀衣　美古都様。
美古都　あなたの復讐が過去の裏切りへの報復ならば、最大の裏切り者である私を殺して終わりにして下さい。あなたの恨みがこの国に向かうのならば、大王である私を殺して終わりにして下さい。いずれにせよ、その剣でこの心臓を貫くことであなたの復讐を終わらせて欲しい。
飛頭蛮　もとよりそのつもりだ。

剣を振り上げる飛頭蛮。

蔵人　やめろ、土門！　その人に罪はない！
飛頭蛮　ならばなぜ大王のもとに嫁いだ。俺を信じてくれなかった。

美古都　確かに、ずっと胸に秘めた人はいました。ですが、私ははっきりと悟りました。私が愛した人はとっくに死んでいた。そのことを十一年前に覚悟すべきだったのです。私の未練が今の混乱を招いた。

美古都、短剣を抜く。惜春からの懐剣だ。

美古都　逆賊、飛頭蛮。なぜ大王を殺させた。
飛頭蛮　……美古都。
美古都　お前が仲間に大王を殺させた。刀衣はそういっている。私はその言葉を信じる。
飛頭蛮　……どうする。その剣で俺を倒すか。
美古都　私の仕事はこの国を護ること。これ以上無益な血を流させないこと。そのためなら、この命捧げても悔いはない。この首を持ってこの国から立ち去れ！

自分の胸に短剣を突き立てようとする美古都。刀衣、蔵人、止めようと動くが、飛頭蛮の動きが一番早い。美古都の腕を握る飛頭蛮。だが、抵抗する美古都。

刀衣　美古都様！
蔵人　よせ、刀衣。

二人の間に割って入ろうとする刀衣をとめる蔵人。飛頭蛮の心境の変化を見逃してはいない蔵人だった。
もみ合う二人。飛頭蛮、美古都の短剣の刃の部分を握りもぎ取る。

美古都　……。
飛頭蛮　俺は……、俺は、お前を殺すためにこの国に戻ってきたわけじゃない。
蔵人　土門。
飛頭蛮　……俺の復讐は……。……俺はいったい何をしようとしていたんだ……。
美古都　……けがを。

短剣をもぎ取った時手に怪我をしている。

飛頭蛮　かすり傷だ、気にするな。（自分で手に布を巻く）……もう一度聞く。俺たちを殺すために兵を差し向けてはいないのだな。
美古都　ええ。私は何も……。
飛頭蛮　……大王を殺したのはサジだ。そして俺たちが浮名達をさらって逃げ込む場所を知っていたのも……。あいつはいったい、何を考えている。
刀衣　滅ぼすつもりだ、この国を。
飛頭蛮　奴が？　なぜ？

刀衣　理由は分からない。だが奴の目がそう言っていた。奴は自分の一族も根絶やしにした。生き残った仲間は奴の事を狼蘭の悪魔と呼んでいる。
飛頭蛮　……まさか、あいつが。いや、しかし。
蔵人　どうした。
飛頭蛮　ずっと引っかかっていた事がある……。

そこに現れるサジ。

サジ　なんだい。随分時間がかかっているね。
飛頭蛮　サジ。
サジ　さあ、早くその女を殺して王座を奪おうよ。
飛頭蛮　……その前に聞く事がある。
サジ　僕に？
飛頭蛮　調部を殺したのはお前か。
サジ　……やっと気がついた？

驚く美古都、蔵人。

サジ　なんでわかったのかな。

飛頭蛮　調部の傷は一太刀で心臓を貫いていた。初めてあった時に監獄島の看守を殺したのと、よく似た太刀筋だった。
サジ　さすがだね。その時から気にしてたのか。僕は果拿国の国王から殺しの依頼を受けた。でもね、その依頼をしたのは君の友人の実の父親だった。
美古都　お父様が……。
サジ　ご心配なく、その仇ならもう僕がとったよ。
蔵人　惜春殿まで。
飛頭蛮　何故、黙っていた。
サジ　え。
飛頭蛮　何故、調部を殺した事を黙っていた。
サジ　君が聞かなかったから。
飛頭蛮　なに。
サジ　目を背けていたのは君だろう。だが、君は知ってしまった。さあ、どうする。
飛頭蛮　……それは。
サジ　それは。
飛頭蛮　それは！

と、力強く一歩踏み出した途端、飛頭蛮、よろめく。

飛頭蛮　う!?

目眩がする飛頭蛮。

飛頭蛮　……ばかな、こんなところで……。

どうと倒れる飛頭蛮。

一同、驚く。ハッとする刀衣、美古都の短剣の刃を調べる。

刀衣　……毒だ。毒が塗ってある。

美古都　土門、土門、しっかりして。

痙攣している土門。

蔵人　そんな、いったい誰が。まさか惜春様が……。

サジ　まったくあの狸親父、最後まで余計な真似ばかり。だから謀なんてきらいだ。娘の事を殺すつもりなら、回りくどい真似はせずにさっさと始末すればいいものを。

刀衣　そこまで美古都様の命を……。

サジ　ただの道具にしか思ってなかったようだね。だが、そのためにその男が犠牲になる事はなかった。せっかくここまで積み上げてきたものを、愚か者が台無しにする。残念だよ、まったく。

サジ、得物を抜くと打ちかかる。

刀衣と蔵人が応戦。

サジ　たかが女のことで死ぬとはね。がっかりしたよ、この男にも、お前達にも。

刀衣　逃げろ、美古都様。

美古都　でも。（と土門を介抱している）

蔵人　ここは危ない、逃げて下さい。

美古都　でも、土門が。

虫の息の土門。

刀衣　ええい、仕方ない。

と、サジから一旦離れ、土門に鋭い針のようなものを突き刺す。ふるえていた土門、動きが止まり力が抜ける。

美古都　刀衣、あなたは！
刀衣　さあ、逃げて。（サジに向かい）来い、サジ！

と、戦いながら別部屋に走っていく刀衣、蔵人とサジ。
倒れている飛頭蛮に被さるように泣き崩れる美古都。

×　×　×　×

別室。
駆け込んでくるサジ。刀衣、蔵人と応援の衛兵達が追いかけてくる。

サジ　面白い。僕の邪魔をした罰だ。この宮中の人間は全て殺す。

衛兵達を斬り殺すサジ。

蔵人　……人間業じゃないな。
刀衣　……これが狼蘭の悪魔か。

刀衣と蔵人、連携で攻撃するがサジの方が強い。
そこに現れる美古都。

刀衣　美古都様……。
美古都　（黙ってうなずく）
蔵人　ばかな、何故逃げない。

その蔵人の剣がサジによって弾かれる。

蔵人　う！

刀衣、飛び込み蔵人をかばう。
サジの剣が刀衣の腹を貫く。

美古都　刀衣！
サジ　狼蘭族が他人をかばうなんて愚の骨頂だな。
刀衣　だけど、片腕はもらった！

が、刀衣の剣がサジの腕に突き刺さる。
いったん離れる二人。

サジ　自分の命と僕の片腕かい、随分割に合わないね。残念ながら、この国の連中なら片腕で充分だ。

刀衣　……あの男が相手でもかい。

と、飛頭蛮が現れる。

サジ　なに。

刀衣　さっきはとどめを刺したんじゃない。毒消しを打ったんだ。

サジ　……そうか、君は薬使いだったな。甘く見ていたよ！

刀衣に斬撃。

よろよろとなる刀衣、美古都と飛頭蛮の方に近づく。

飛頭蛮　刀衣、すまない。

刀衣　あんたじゃない、彼女のためにやったんだ。

美古都　……刀衣。

美古都、刀衣を抱きしめる。

刀衣　（サジに）他人のために死んでいく気持ちよさ、お前には一生わからないだろうよ。

倒れる刀衣。

サジ　わかりたくもない。

と、言うサジに立ち向かう飛頭蛮。

飛頭蛮　最初から俺を利用するつもりだったのか。あの監獄島であった時から。

サジ　まあ、そうなるかな。

天を仰ぐ飛頭蛮。

サジ　とるのかい、友達の仇を。

飛頭蛮　もとより。

サジ　とれるかな。

飛頭蛮　とってみせる。

襲いかかる飛頭蛮。二人の応酬。

だが、サジに斬られる飛頭蛮。

美古都　土門！

サジ　……もったいぶって出てきた割りにはあっけないな。

が、飛頭蛮立ち上がる。

サジ　え。

飛頭蛮　まだまだだ。

サジ　だったら！

二人の戦い。だが、飛頭蛮また斬られる。
だが、立ち上がる飛頭蛮。

サジ　……どういうことだ。

飛頭蛮　……痛くないんだよ。

サジ　なに。

飛頭蛮　毒のせいか薬のせいわからない。だが今の俺は、痛みを感じない。

サジ　でも、血を流せば体力は落ちる。時間の問題だ。

と、再びサジの斬撃。

飛頭蛮　だろうな、だが。

と、サジの剣を防いでいる飛頭蛮。

飛頭蛮　お前の動きも見えてきた。

と、逆にサジに斬撃。

サジ　ぐ！

続けて飛頭蛮の斬撃を受けるサジ。

サジ　……ばかな。

今度はサジの攻撃が当たる。倒れる飛頭蛮。
だが、再び立ち上がる。
だんだん、二人の背景が監獄島のように見えてくる。

飛頭蛮　……なんだ、ここは。

見上げる飛頭蛮。

飛頭蛮　ここは、まだ監獄島じゃないか。
サジ　え。
飛頭蛮　そうか。苦しいはずだな。まだ監獄島にいたんだものな……。

それは飛頭蛮の幻影か。

サジ　何を言っている……。
飛頭蛮　俺たち二人ともずっと囚われてたんだよ。監獄島じゃあ、自由になんかなれるわけがない。
サジ　……言うな！

サジが斬る。だが飛頭蛮は倒れない。

飛頭蛮　……サジ、お前は一度も人の名前を呼ばなかったな。俺の名前も、ましてや自分自身の名前もな。

サジ　……。
飛頭蛮　今度会う時は、本当の名前を教えてくれ。
サジ　……ないよ、本当の名前なんて。
飛頭蛮　……そうか。
サジ　君にはあるのかい。
飛頭蛮　……確かにそうだな。

飛頭蛮とサジ、渾身の力を込めた一撃を互いに放つ。
ゆっくりと倒れるサジ。決まったのは飛頭蛮の斬撃。だが、膝をつく飛頭蛮。
監獄島に見えた風景はいつしか廃墟に変わる。

美古都　……土門。
飛頭蛮　（ゆっくり立ち上がり）いいや、違う。俺は飛頭蛮だ。鳳来国乗っ取りを企む天下の逆賊だ。
美古都　いいえ、あなたは。
飛頭蛮　稀道活、稀浮名、音津空麿、京兼惜春、宮中の大臣達を次々に手にかけた大謀反人だ。さあ、この謀反人の首を取れ！
美古都　え。
蔵人　土門、お前……。
飛頭蛮　大王自ら謀反人を倒し、臣下の仇をとったと、国家盤石の礎を築いたと宣言しろ。そうでなければ、お前の作りたい国は作れんぞ。（穏やかに）そして俺をこの監獄島から解放してくれ。頼む、美古都。

決意する美古都。

美古都　わかった。

剣を構える美古都。
飛頭蛮に剣を突き立てる。

飛頭蛮　！

美古都、飛頭蛮を抱きしめる。そして口づけする。
唇を放す二人。

飛頭蛮　ああ、外の光だ。

天上から射してくる光。
飛頭蛮、倒れる。

蔵人　聞けい、者どもよ。大逆賊、蛮心教教主飛頭蛮、美古都大王《みことのおおきみ》が見事討ち取った！

天を仰ぐ美古都。すっくと立って言葉を放つ。

美古都　聞け、我が民よ！　私は誓う！　私はこの国を！　この国を！

それ以上言葉が紡げない美古都。
それでも必死に何かを告げようとする。
光の中にその言葉は溶けていく。
すべてが溶けていく。

〈蛮幽鬼　——完——〉

あとがき

「上川隆也で〝巌窟王〟をやろう」

そう思いついたのはもう随分前の話だ。

『SHIROH』が終わったあと、上川さんと「もう一本やりましょうね」という話をしていた。

オリジナルミュージカルというアウェーな世界を無理矢理頼み込んだのはこちらだ。芝居の芯を作るのにどうしても、新感線の方法論を理解した上で帝劇の舞台を支えるだけのスター性と実力を持つ俳優が必要だった。

それはもう上川さんしかいない。そう思った僕らは、必死の思いで彼と彼の事務所にお願いし、なんとか出演してもらえた。

そして、僕らの期待以上の演技で、『SHIROH』という物語を締めてもらうことができた。

ただ、その時から「次は、僕らの王道路線の〝いのうえ歌舞伎〟をガッツリやりましょう」という想いは、お互いにあったのだと思う。

次にやるときはどんな題材にするか。

折に触れ考えてきた。

いのうえからは「ただのヒーローではなく、悩み怒り僻むという負の感情を大きく出すキャラクターで行きたい」という注文があった。

いくつかのアイディアが浮かんでは消え、そして『巌窟王』に行き着いた。

復讐に燃えるエドモン・ダンテスと、大富豪にして人格者のモンテ・クリスト伯、これならば、負の感情とヒーロー性、二つの側面を持ち合わせた主人公像が作れるのではないか。

そう思った。


そして堺雅人さんの出演が決まった時、彼には是非ダークヒーローをやって欲しいと思った。

復讐鬼と殺人機械。二人の物語にしたい。

「エドモン・ダンテスが監獄で出会ったのがファリア神父ではなく、レクター教授だったら」

復讐に燃える主人公を導くのが正義と人道と神の教えを知る者ではなく、破壊と混乱と殺戮を知る者だったら。

今の時代に〝復讐〟をテーマにするのならば、一度そこまで主人公を追い込まなければ成立しないんじゃないか。

それは、僕の皮膚感覚だ。

だが、「悪い奴らにひどい目にあったから仕返しをしました。目には目を、歯には歯を」というだけの話なんか、今の僕は書きたくない。

自分でも大きな山に挑んだ気がする。

この山は、しばらく挑み続けなければならない険しく大きな存在だ。

今回で征服できたつもりもない。

ただ、足がかりは作ったと思っている。


『蛮幽鬼』は爽快な物語ではない。

だが、負の感情だけで終わらせるつもりもない。

〝見てよかった。面白かった〟と思ってもらえる物語を書く。

どんな時でもその一点だけは、守りたいと思っている。

そうなっていることを願うばかりだ。


芝居を見た方も、戯曲だけを読んだ方も、手に取って頂いてありがとう。

楽しんでいただけたら幸いです。

二〇〇九年八月

中島かずき

上演記録

劇団☆新感線2009秋興行　INOUEKABUKI SHOCHIKU-MIX

「蛮幽鬼」

【東京公演】
新橋演舞場
２００９年9月３０日（水）～１０月２７日（火）
主催・製作：松竹株式会社
制作協力：ヴィレッヂ

【大阪公演】
梅田芸術劇場メインホール
２００９年１１月9日（月）～２６日（木）
主催：関西テレビ放送・サンライズプロモーション大阪
後援：東海テレビ・ＴＳＳテレビ新広島・ＦＭ８０２
製作：ヴィレッヂ
制作協力：松竹株式会社

【スタッフ】
作：中島かずき
演出：いのうえひでのり
美術：堀尾幸男
照明：原田　保
衣裳：小峰リリー

振付：川崎悦子
日舞振付：飛鳥左近
音楽：岡崎　司
音響：井上哲司
音効：末谷あずさ　大木裕介
殺陣指導：田尻茂一・川原正嗣・前田　悟
アクション監督：川原正嗣
ヘア＆メイク：宮内宏明
小道具：高橋岳蔵
特殊効果：南　義明
映像：上田大樹
音楽部：右近健一
演出助手：山﨑総司
舞台監督：芳谷　研

宣伝美術：河野真一
宣伝写真：野波浩
宣伝メイク：内田百合香
蛮幽像製作／特殊メイク：中田彰輝・橋本隆公

制作：真藤美一・村上具子（松竹）　柴原智子（ヴィレッヂ）
制作補：小池映子（ヴィレッヂ）
制作助手：辻未央
企画：細川展裕（ヴィレッヂ）

〈配役〉

伊達土門《だてのどもん》／飛頭蛮《ひとうばん》	上川隆也
サジと名乗る男	堺　雅人
京兼美古都《きょうがねみこと》	稲森いずみ
方白《かたしろ》／刀衣《とうい》	早乙女太一
京兼惜春《きょうがねせきしゅん》	千葉哲也
遊日蔵人《あすかのくらんど》	山本　亨
稀浮名《きのうきな》	山内圭哉
稀道活《きのどうかつ》	橋本じゅん
ペナン	高田聖子
音津空磨《おとつのからまろ》	粟根まこと
京兼調部《きょうがねしらべ》	川原正嗣
東寺無骨《とうじのぶこつ》	前田　悟
音津物欲《おとつのものほし》	逆木圭一郎
ガラン	河野まさと
鳳来国の大王	右近健一
浮名の妻・鹿女《しかめ》	村木よし子
惜春の密偵・丹色《にしき》	山本カナコ
美古都の侍女・七芽《なのめ》	保坂エマ
ロクロク	中谷さとみ

監獄島看守　　　　村木　仁
果拿の国・舟役人　インディ高橋
果拿の国王　　　　礒野慎吾
果拿の学者　　　　武田浩二

鳳来国・女官達／踊り女達／民衆
安藤由紀　生尾佳子　葛貫なおこ　須水裕子　ＮＡＭＩ　吉野有美
鳳来国・武士達／豪族達／民衆
武田浩二　藤家剛　工藤孝裕　矢部敬三　川島弘之　加藤学　井上象策　安田桃太郎

＊おもな役名に沿って記す。（２００９年８月現在）
＊その他（２００９年上演時には演出により台本上以外にも数多の登場人物あり）
果拿の国・役人／囚人／侍女／水夫／特殊警備兵／他
鳳来国・衛兵／車引き／侍女／大臣／他

中島かずき（なかしま・かずき）
1959年、福岡県生まれ。舞台の脚本を中心に活動。85年4月『炎のハイパーステップ』より座付作家として「劇団☆新感線」に参加。以来、『スサノオ』『髑髏城の七人』『阿修羅城の瞳』など、“いのうえ歌舞伎”と呼ばれる物語性を重視した脚本を多く生み出す。『アテルイ』で2002年朝日舞台芸術賞・秋元松代賞と第47回岸田國士戯曲賞を受賞。

K. Nakashima Selection Vol. 15
蛮幽鬼

2009年9月30日　初版第1刷印刷
2009年10月15日　初版第1刷発行

著　者　中島かずき
発行者　森下紀夫
発行所　論創社
東京都千代田区神田神保町2-23　北井ビル
電話03（3264）5254　振替口座00160-1-155266
印刷・製本　中央精版印刷
ISBN978-4-8460-0331-9　

K. Nakashima Selection

Vol. 10— 髑髏城の七人 アカドクロ／アオドクロ

本能寺の変から八年，天下統一をもくろむ髑髏党と，それを阻もうとする名もなき七人の戦いを描く伝奇活劇．「アカドクロ」（古田新太版）と「アオドクロ」（市川染五郎版）の二本を同時収録！ 本体2000円

Vol. 11— SHIROH

劇団☆新感線初のロック・ミュージカル，その原作戯曲．題材は天草四郎率いるキリシタン一揆，島原の乱．二人のSHIROHと三万七千人の宗徒達が藩の弾圧に立ち向かい，全滅するまでの一大悲劇を描く． 本体1800円

Vol. 12— 荒神

蓬萊の海辺に流れ着いた壺には，人智を超えた魔力を持つ魔神のジンが閉じ込められていた．壺を拾った兄妹は，壺の封印を解く代わりに，ジンに望みを叶えてもらおうとするが——． 本体1600円

Vol. 13— 朧の森に棲む鬼

森の魔物《オボロ》の声が，その男の運命を変えた．ライは三人のオボロたちに導かれ，赤い舌が生み出す言葉とオボロにもらった剣によって，「俺が，俺に殺される時」まで王への道を突き進む!! 本体1800円

Vol. 14— 五右衛門ロック

濱の真砂は尽きるとも，世に盗人の種は尽きまじ．石川五右衛門が日本を越えて海の向こうで暴れまくる．神秘の宝〈月生石〉をめぐる，謎あり恋ありのスペクタクル冒険活劇がいま幕をあける!! 本体1800円